王淑芬 著　蔡元婷 繪

推薦序

那個大姊頭

王秀梗

從小，老姊就是我和弟、妹心目中的大姊頭。

你不叫他大姊頭也難！舉凡小孩子所有的交際、玩樂，不論文武打鬥、王家將一概由她出馬帶隊，領頭指揮，且少有鎩羽而歸的。

在那個物資匱乏的年代，當個小孩子卻是幸福的，因為老姊永遠有想不完的遊戲新招。一粒小石子、一片葉子，甚至一張報紙，就可以玩上大半天。而我們王家班慣用的壓箱寶物，是媽媽包東西的布巾：蓋在頭上，我就成了歌仔戲「陳三五娘」中的新娘：披在肩上，小弟就成了布袋戲「雲州大儒俠」的英雄史豔文；圍成裙子，妹妹就成了電視上的新疆小公主；當然，這全看我們的導演老姊的口令了——這時的老姊可說足智多謀。

每到甘蔗收成的季節，我們總是翹首盼望，希望老姊喊一聲「預備」，妹妹就趕緊拿菜籃，我負責拿白蘭洗衣粉的袋子；三姊妹牽著小弟，四人便浩浩蕩蕩遠征甘蔗園，撿拾人家園裡剩下的甘蔗。老姊總是撿最多的，有時撿累了，小弟跟妹妹玩了起來，她還會叱罵幾句，罰他倆少吃一些。

只因甘蔗是當時難得有的零食啊！——這時的老姊是兇巴巴的。

有一次，媽媽生病住院，爸爸便將我們托給鄰居照顧。在老姊的領導下，鄰居媽媽直誇我們有教養，其實是因為老姊威脅我們，不乖就不讓我們去看媽媽。好不容易盼到去醫院了，剛到時，大家的表現都很乖，但等到大人說得回家了，小弟便開始哭著要留下來陪媽媽。他一哭，我和妹妹也跟著掉淚，連媽媽不知怎麼搞的也哭了。就在大家哭成一團時，老姊二話不說，將我們帶出病房，我依稀記得她跟我們說：不可以讓媽媽傷心，不然媽媽的病不會好；還說，再哭，就不帶我們玩「藏鞋子」了。直到現在，一想起這件往事，實在令人難以相信，十幾歲的老姊居然已經這麼「老成持重」。

我承認，幾個手足中，我受老姊的影響最大。從小，老姊做什麼，

我便跟著做什麼；甚至連長大後，聯考填什麼志願，畢業後要做什麼，也都向老姊看齊。如此「再版」那麼多次，倒也沒有後悔過。

唯一覺得遺憾的是，如今一個在北、一個在南，想要再複製也難。

有這樣一個姊姊，讓你永遠不必擔心有事沒人可以商量，有怨氣時沒人替你出氣，因為，她是我們心中永遠的大姊頭！

推薦序

獨一無二的童年「蠢人」史

桂文亞 兒童文學作家

一本書，想讓讀者「從頭笑到尾」又不失「格調」，不是一件容易的事。

「字」，就是「字」，不是戲臺上的「小丑」，手舞足蹈的，一見就讓人捧腹大笑。曼妙的音樂讓人想飛，悲傷的音符，也讓淚水無聲滴落……但是為什麼，當我們閱讀一本精采好書的時候，那些原本無聲無息的「字」，竟然通通都跳起舞，唱起歌來了呢？讀者隨著文字的敘述，走進另一個「我」的世界裡，同喜同悲，這，就是文字藝術的魅力所在！

淑芬的《童年原來是喜劇》，是一本趣味橫生，讓人笑淚交融的童年故事集，書中收錄的二十六篇文章——照作者的說法：是一部「童年蠢人史」，作者想讓小朋友讀了安心——原來，世界上的孩子都是一樣的，會做傻事，說錯話，甚至受到懲罰！這正是作者想提醒你讀這本書的用意，希望你別和她「同出一轍」，在類似的陷阱裡再跌一跤。

說真的，要想犯和淑芬小時候同一種「錯誤」，還真是「難上加難」喔！譬如，你會把針筒插在小豬的耳朵後，嚇得小豬鬼叫連天到處竄，最後撒上一泡熱滾滾的豬尿在你的肚皮上嗎？你會和班上男生各拉一根樹枝的兩頭，跳起臉紅心熱的樹枝舞嗎？還有，為了上體育課練跳箱，你會和班上的大胖子互相「合作」：「我彎下來給你跳，再換你彎下來給我跳……」如此交換「練習」的過程，我看呀，也只有淑芬才會這麼有創意哦。

這是真的！每篇故事都害我笑得「花容失色」，東倒西歪！為什麼那麼好笑？其實不在事件的本身，而在於作者高明的寫作技巧和敏銳的感受能力！

「王式幽默」獨一無二，那種一本正經的「冷笑話」一方面，讓人摀住快要抽筋的嘴角，一方面，又讓文中隱含的溫暖和善意讓人眼角濕潤……作家營造的氛圍，是將一本正經和誇張的寫作技巧「攪拌」在一起，不僅文字簡練，畫面也生動極了，難怪淑芬自一九九三年七月出版第一本書《一年級鮮事多》以來，開始迅速「走紅」大江南北，受到校園師生及大小讀者的歡迎和喜愛。

淑芬是兒童文學同行公認的多面手，涉獵的文類十分多元：無論散文、童話、少年或兒童小說、詩歌、評論、班級閱讀推廣專論至「獨步江湖」的手工書製作，無不獲得好評和肯定，這樣傑出的成績，除了天賦異稟，更重要的是數十年來，努力不懈所積累的成果！

我和淑芬認識頗早，一九九二年，她參加《民生報》主辦的「海峽兩岸童話」及「少年小說」大型徵文，連中雙元，一舉拿下童話組優等和少年小說佳作獎，就此開啓了我們在兒童文學寫作出版上的合作機會。文人相重，惺惺相惜，這樣美好難得的情誼，屈指算來，也超過三十年啦！

作者序

寫給聰明或不聰明的小孩

王淑芬

人類有幾個共有的口頭禪，其中一個便是「早知道」。

早知道會下雨，我就不穿長裙；早知道他不喜歡我，我就不為他寫日記；早知道會這樣，當初就不該……真的，凡事如果能夠早知道，該多好，可以免掉差錯，少上幾個當，少做幾件叫人懊悔不已的事。

現在回想起來，童年時我做過、說過的蠢事、傻話，全都笨得不得了，有的簡直匪夷所思，因為實在太可笑，為保形象，這些可以躋身「世界傻蛋紀錄」的豐功偉績，並沒有出現在本書中。有時我會想，為什麼小時候會那麼笨？大部分的小孩都和我一樣傻里傻氣嗎？還是唯獨我是笨中的奇葩啊？

小時候，真的是傻呼呼的。不過，最傻的是，不小心犯了錯，就以為天崩地裂，萬劫不復。我曾經為了踩斷媽媽的長裙，嚇得打算離家出走，到一個沒有人認識的地方，隱姓埋名，重新做人。

所以，我這麼老實鄭重的向讀者招認：我的「童年史」就是一部「蠢人史」，主要是想讓小朋友安心——世界上的孩子都是一樣的，難免會犯錯；同時，也可以提醒你，別再和我同出一轍，在相同的陷阱裡再跌一跤。

或者，你是個聰明的小孩，要讓你做蠢事簡直比登陸海王星還難。那麼，不妨看看我書中所寫的，大約一九六〇年代的臺灣小孩，所做、所想的是什麼，或許，能激發思古之幽情，對王阿姨這種古意盎然的舊人類，油然生出考古興趣，順便收集你的爸爸、媽媽童年時的參考資料。

如果能讓我再回到童年，我最想做的事，其實是孝順爸爸、媽媽。整個童年，我做過最傻的事，就是以為「爸爸、媽媽愛我、照顧我是天經地義的」。那時候，如果我試著聽話，不做出那些讓爸媽傷透腦筋，就連自己也後悔萬分的事，爸爸、媽媽該可以多笑幾次，少掉幾滴淚呢。

當然，童年的蠢事，長大之後回憶起來，反倒會心一笑，覺得童年的傻，也代表幼時的純真與無邪。到頭來，其實是回憶中一幕又一幕的喜劇呢。沒錯，童年其實是喜劇，開心的上演著獨一無二的諧趣人生。

目次

7 原諒我吧，豬

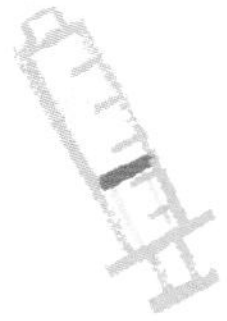

我的爸爸是一位獸醫。

這句話代表的意思，是我有很多跟動物相處的機會。

如果你以為我的爸爸，是身穿白色長袍、戴著消毒過的口罩，在大型透明玻璃窗裡，對那些小貓小狗的主人指示：「小白的大便已經恢復漂亮的金黃色。」或是：「咪咪的毛不會再脫落。」那麼，你就錯了。

一九六〇年代的臺灣，大多數人是不養寵物的；因為很多人連自己都養不活了，怎麼可能有肉骨頭、鮮奶去餵小狗小貓？

所以，爸爸的病人，都是些有分量的大塊頭，比如牛、羊、鹿。其中，他的最大客戶群，就是豬。

別看這些動物的主人穿得破舊、住得簡陋，他們對自己飼養的動物可是呵護備至。自家小孩如果跌破頭、摔了跤，通常醫療方式是拿燒香拜拜之後餘留的香灰抹一抹，或斥責一句：「怎麼不小心點兒，活該。」可是，只要養的母豬臨盆，開始豬吼豬叫時，就算是三更半夜，我家的門也會被敲得響徹雲霄。

理由很簡單，這些動物將來是要賣錢的，當然得好好照顧，否則，養到一半，魂歸離恨天，錢也飛了。

我常常和爸爸出診；坐在爸爸那輛老爺機車上，經過一畦畦稻田，一排排芒果樹，聞到豬舍特有的臊味，就知道抵達了。

爸爸穿著長筒雨靴，跨過豬舍柵欄，專業的摸摸豬頭豬腦，然後從醫療箱取出針筒，注入藥，朝那隻病奄奄的豬刺下去。頓時，豬嚎驚天動地，爸爸則很帥的跨欄跳出，俐落完成治療。

爸爸在診斷病情時，我常打開醫療箱，把玩那些瓶瓶罐罐。最誘惑我的，是那支特大號針筒。平時，和鄰居小孩玩家家酒時，我因為家學淵源，老愛扮演醫生，只是他們都不肯「做牛做馬」，讓我實驗。我常想，如果有一天，讓我拿針筒實地演練一次，一定過癮極了。

機會終於來臨。有一天，爸爸必須為一大群小豬打預防針，所以他要我幫忙，先拿著針筒，等他抓住小豬，我才遞給他。

那些粉紅色的小豬仔真是可愛極了。如果能在牠身上刺上一針，更是天下一樂。就在爸爸把小豬抓過來時，我突然手握針筒，勇氣百倍的說：「我會，讓我來打。」

爸爸笑了笑，回答：「好啊！讓你試試。用力的刺，不要緊張。」

我的手微微發抖，對準那隻不知大禍臨頭的豬，仔細端詳。嗯，可以在左耳後方大約三公分的地方下手；我應該先深呼吸一大口，再使盡全身力氣刺下，然後以無懈可擊的優美姿態緩緩拔出，最後，並輕輕安撫

牠。必要的話，我也可以唱老師教過的歌給牠聽，算是獎勵。

「可以了吧？」爸爸提醒我這個偉大的助理小姐。於是我將針筒高高舉起，再猛力刺進小豬的耳後。只聽到一聲慘叫，然後小豬全身扭動，幾滴鮮血冒了出來，牠不知哪來的力氣，掙脫了爸爸的手，跳下地面，在豬舍裡東奔西跑。那支針筒就插在牠耳後，還來不及拔出。爸爸趕緊抓住牠，再快速的取出針筒，用棉花幫牠止血。

小豬躺在爸爸懷裡，嬌滴滴的叫了幾聲。牠看我的表情，讓我覺得我是天下第一笨蛋，連一隻豬都不如。

「沒關係，你還小，力氣自然不夠。」爸爸安慰我。

我就這樣被一隻小豬打敗。不過，君子報仇，三分鐘不晚。我趁著爸爸處理別的豬時，用迅雷不及掩耳的超級速度，在牠身上踢了一下。

小豬又鬼叫起來了。這時候，牠的主人拎著一桶飼料，準備餵豬，聽到牠的叫聲，趕快將牠抱起來，不斷安撫，一面還溫柔的說：「乖，忍耐一下，要打預防針才不會生病。」

這情景讓我覺得很慚愧。我也走過去，摸摸小豬的背，學牠主人，細聲細氣的說：「小豬乖。」

沒想到，這是小豬的詭計。牠忽然撒開腿，對著我的肚皮，

灑一道熱滾滾的新鮮豬尿。

真是豬！

2 撒嬌的國父

自古以來，不管男生或女生，總會在某個時間點，很喜歡很喜歡一個人。所以囉，我在十歲那年，偷偷喜歡上我的班長，這也是沒有辦法的事。

話說我們班長，長得白白胖胖，笑起來有兩個很深的酒窩。雖然他在躲避球場上，因為目標顯著，跑起來速度又慢，所以總是一下子就被打死，但是，我還是決定只喜歡他。

沒辦法，我在小說中讀過，「愛情」是沒有道理的。

我的閨中密友張妮妮，非常反對我跟班長交往。根據她的觀察，班長有時會向學藝股長偷笑。那對酒窩，證明他是個花心大蘿蔔，很可能他在別班，已經有不少紅粉知己。

「最重要的——」張妮妮湊近我耳邊，傳授戀愛祕笈，「你千萬不能讓對方知道你對他有好感，否則，他就不稀罕你了。」

在這位軍師的指導下，我不能跟班長說話，除非是像收簿子、發考卷等這類「公務」，而且說的時候，必須滿臉嚴肅，眉頭深鎖，如同三天沒吃零嘴的模樣。

不知班長真的缺乏戀愛細胞，還是我掩飾得好，總而言之，他果然對我不理不睬，無視我的存在。有幾次，發簿子時，我故意用力的將他的本子摔在桌上——當然是以一種可愛大方，風情萬種的美姿。然而，他只顧低著頭，嘴裡喃喃背著課文，面無表情的把簿子收進抽屜。

「真是呆頭鵝。」我模仿《梁山伯與祝英台》裡的女主角，對著天空悽悽怨怨的唱著。

終於，蒼天不負有情人，為我製造了一個良機。某日上國語課時，老師要我們按照課文劇情，上臺演出。

那是描述國父小時候，跟私塾老師的一段對話。從課文中，我們可以知道偉人從小就不平凡，有聰敏的見解，能和老師辯論、侃侃而談。

不過，這不是重點。重點是，老師突然指定由班長扮演私塾老師，還給他一根竹條充當煙斗。這也還不是重點，重點是在劇情中，私塾老師最後會拍拍國父的頭，讚許他。也就是說，扮演國父的人，不但將會跟班長四目相對，有一番精采對話，末了，更有「身體」接觸。哇，太刺激啦！我的心跳得真快，簡直像有一千頭大象在狂奔。忽然，像天上降下一道閃光似的，老師伸手對我一指：「你吧！就由你來演國父。」

我扭扭捏捏的站起來，裝做心不甘情不願的樣子。小嘴微嘟，兩眼朝天瞪。老師說：「開始。」班長便一板一眼，照著課本上的臺詞念起來。

我也念著課本上的臺詞，只不過，我的喉嚨像哽了一大團蜜，說起話來滿嘴鼻音。明明該義正詞嚴的對班長講道理，卻變得好像在跟他撒嬌。「喔，這個我不懂。」我念成了「嗯，

這個人家不等……」

最後，按照劇情，班長應該溫柔的拍拍我的頭，然後我們便「從此過著幸福快樂的日子」——不，我是說，這幕戲劇便結束了。我拉著辮子，小嘴仍然微嘟，等著與班長深情接觸。

沒想到，班長居然竄改劇情，以手中的竹條打我的頭。我火冒三丈，氣得大罵：「你找死！」

全班都大笑起來，連老師也被逗笑了。

張妮妮對我只有一句最後的忠告：「你把國父演成那樣，掛在教室前面的國父都看見啦！」

3 替天行道

我的美勞作品被張貼在公布欄上了。可是，我一點兒也不高興。不高興的原因是：林小玉的作品也被老師選上，正貼在我那張「曠世傑作」旁邊。

老師出的題目是「美容院」，正是我最熟悉的地方，因為姨媽家就是美容院，我經常去她家玩。

我發揮敏銳的觀察力和記憶力，畫了三個人，三個都在洗頭，頂著白花花的泡沫，嘴邊也有泡沫，代表「口沫橫飛」。據我了解，每個來洗頭的阿姨都有驚人的口才，可以從她家的母豬一胎生下十隻，聊到最新的口紅顏色。

這張「寫實」的作品立刻獲得美勞老師賞識，她還展示給全班看，要大家向我學習，說：「王淑芬的構圖很大膽，配色也很恰當。同學應該向她看齊。」

坐在我旁邊的林小玉馬上向我看齊。她擠出一大團白色顏料，拿起筆來，學我畫的方法，也在圖中的女人頭上，畫滿白色泡泡。接著，她不時轉過頭來瞄我。我畫方格子地板，她也畫方格子地板；我幫畫裡的人加上蝴蝶結，她也加，只不過換了顏色。

我雖然知道她正在抄襲，卻不生氣。反正老師已經讚美我，我樂得大方一些。何況，林小玉平時和我感情不錯，常常在一塊兒偷罵男生，罵的對象又相同，可說是「志同道合」。她要抄，就讓她抄吧。

沒想到，老師竟然也把她的作品張貼出來，這未免太不公平了。我知道，凡是被張貼展示的作品，一律是九十分以上，這不是讓林小玉撿了個大便宜？

下課後，林小玉找我上合作社，我搖搖頭。她用很開心的

語氣說：「我請你吃棒棒糖，中間包酸梅的那一種。」我還是堅定的拒絕了。

哼！她想巴結討好我，我才不領這分情。雖然棒棒糖很誘惑人，但是我應該有骨氣。不是有一句成語嗎，「善有善報，惡有惡報」。現在，我就要奉送一個「惡報」給林小玉，讓她知道抄襲是可恥的。有另一句成語正好可以應用——我要「替天行道」。

趁著當值日生，不必出去參加朝會，我拿出早就準備好的黑色油性簽字筆，開始替天行道。

首先，在林小玉那張作品上，對準圖中的「女主角」加工：先給她加兩撇鬍子，再點上滿臉的麻子。最後，戴上一副蝙蝠俠眼鏡。太精采了，她的圖上現在有個超級醜八怪了。

為了不讓林小玉懷疑，我也狠下心，給自己那張作品加上幾筆。同樣的，加鬍子、點麻子、戴眼鏡。

工作完畢，我看著眼前兩張令人「噁心吐血」的圖，滿意的點點頭。我這是犧牲小我，完成大我，像古時候「周處除三害」一樣，為社會除害。老師也說過，抄襲是不應該的。

當林小玉發現我們的畫被毀容時，氣得馬上向老師報告。但是，老師明查暗訪，怎麼樣也找不出「兇手」。過了幾天，又有新的圖畫被貼上去，我們那兩張恐怖作品就被換下來了。

林小玉拿著她的畫，一句話也沒講，默默的盯著它看。我故意說：「不知道是哪個嫉妒鬼做的好事？」可是，林小玉不理我，低下頭把畫捲起來，收進書包。

我誇張的叫起來：「變得這麼醜了，你還要？」

她卻癟著嘴，小聲說：「這是我第一次有作品被貼在公布欄。」

不知怎麼的，我心裡難過起來了。

4

女兒黑

這真是我聽過最美麗的故事——老師說，從前，有些人家生下女兒，便釀造一罈酒。等到女兒長大出嫁那一天，將酒取出開封，邀請眾賓客分飲一杯，在撲鼻香味中慶賀女兒的大喜。這酒，就叫做「女兒紅」。

多浪漫喲。打開酒罈，那胭脂般的豔紅色澤，映照出新嫁娘的酡紅臉頰。酒，是醇酒；人，是麗人。一杯女兒紅，淺酌一口，幸福無邊。

我趕快回家問媽媽：「我的『女兒紅』在哪裡？」媽媽搖搖頭，全然不知道這個典故。這怎麼行呢，我的生命裡，能少得了這麼一罈美麗的酒嗎？

媽媽聽完我轉述的故事，笑著說：「才十歲，就急著想當新娘呀？你確定將來有人敢娶你嗎？」

哎呀，重點不在這裡。重要的是，現在不早點兒釀酒，將來當新娘時，難道用白開水請客？多沒情調。

於是，我決定為自己釀一瓶「女兒紅」。

首先，得知道釀酒所需要的材料以及步驟。這則高難度技術問題，當然必須請教這方面的專家。據我所知，賣陽春麵的李伯伯正是第一人選，因為他每天都酒氣沖天，攤子上永遠擺著一瓶老米酒，一邊下麵，一邊灌上兩口。很多人說，他煮的麵，總有股酒味。

我跑到麵攤旁，湊近酒瓶，用力吸了吸鼻子，諂媚的說：「好香的酒喔，阿伯，一定很貴吧，有錢人才喝得起，對不對？」

李伯伯一把搶過髒兮兮的酒瓶，瞪我一眼：「小孩子喝什麼酒，快回家寫功課。」

我馬上把握時間，開門見山道出目的：「今天的功課，就是要查資料，了解酒是怎麼做出來的。阿伯，你教教我嘛。」

李伯伯咧開大嘴，笑起來了，說：「學校怎麼出這種功課？時代變囉。酒嘛，不就是一層原料，一層糖，讓它去發酵。幾年後，哇！」

那一聲「哇」，大概又讓他想起酒的美味，只見他拎起酒瓶，往嘴裡「咕嚕咕嚕」喝了一大口。

既然已取得釀酒技術，我便向他道謝，轉身立刻衝回家。

我花了幾天時間準備材料，包括一個芭樂、五顆蓮霧、還有十幾顆已經呈紫黑色的桑葚。這些水果，都是從後院採來的。

過程當然是千辛萬苦：必須偷偷摸摸，不讓弟弟那個饞鬼發現，也必須努力克制，禁止我自己忍不住偷嘗一口。我還從廚房找來一個空瓶，將它洗乾淨，又舀了幾大匙糖，小心包在手帕中。所有的材料收集完成，接著便進行偉大的釀造工作。

瓶口很小，得先把芭樂和蓮

霧切得細細碎碎。然後按照李伯伯的技術指導，一層水果、一層糖，慢慢裝進瓶子裡。等到我把所有的材料都塞滿，才發現忘了把桑葚的莖摘掉。沒辦法，只好又全部倒出來，仔細的把莖去除，又重新一層水果，一層糖裝入瓶子。只不過，糖已經愈來愈少。我安慰自己：「糖太多，味道太甜，反而容易發胖。」

最後，我將蓋子旋緊，並且貼了幾圈膠帶，以免酒氣外洩，香味會蒸發掉。望著手裡這一瓶「綜合水果酒」，我彷彿已經聞到它醉人的香味。當然，最重要的，是找個隱密的地方藏起來，十幾年後，再打開品嘗。

我在芭樂樹下挖了一個大洞，將瓶子放進去，同時擺了顆石頭做記號；記得電視上的「寶藏」就是這樣處理的。完成之後，我真是佩服自己，居然成了釀酒高手了。將來，我如果生女兒，一定痛快的釀幾大罈「女兒紅」。就算生兒子，一樣來幾罈「男兒綠」。

接下來的日子，我忍了又忍，盡量不去想釀酒的事，因為，好酒得擺上幾年，「愈陳愈香」。可是，我又多麼渴望親眼看見一堆水果和糖，如何產生奇妙的變化，成為滴滴美酒。

終於，我苦熬了十天，在第十一天，將土耙開，小心的取出「女兒紅」。然而，出現在眼前，沾滿泥巴的瓶子裡，卻是一團泥濁汙水，上面還漂浮著可疑的白色絮狀物。

媽媽在廚房裡大聲質問：「誰把糖罐子打開，忘了蓋上，櫃子全是螞蟻。」

我則捧著那一瓶失敗的「女兒黑」，趕緊逃開。

5 手帕與樹枝

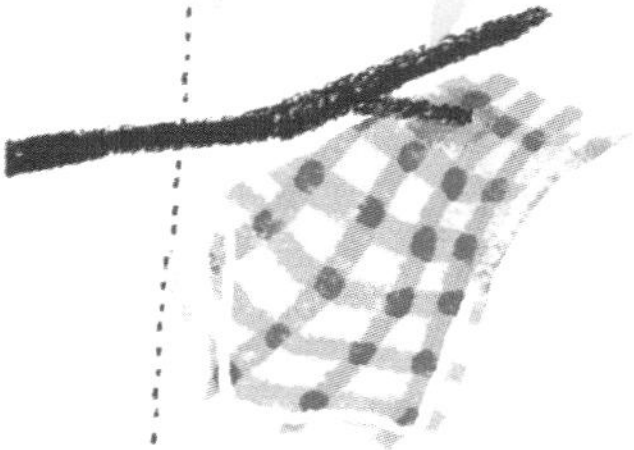

「千萬不要碰到男生的手，手會發臭。」女生們祕密的傳著話。

「可別摸到女生的手，小心中毒。」男生們也在互相警告。

沒錯，凡是十一歲的小孩，都應該有這種英明的見識：男生和女生不可以牽手。

道理很簡單，男生和女生種類不同，彼此有仇。男生嫌女生囉唆愛告狀；女生看不慣男生的粗魯野蠻。

然而，重大的考驗降臨了。老師規定，跳課間舞時，男女生必須分站兩排，手牽著手婆娑起舞。

為了保住我們的清白，大家利用下課時間，在廁所旁邊召開祕密會議。

張妮妮的語氣十分激動：「哪個臭男生想牽我的手，我一定狠狠的……」

可是，她想不出來應該「狠狠的」怎麼樣？

我們皺起眉頭，決定不論如何，都不能讓男生碰到我們的纖纖玉手。聽說，只要一牽手，男生的指紋就會印過來，永遠洗不掉。那不是倒大楣了？

最後，我們研究出一條妙計，跳舞時，每個女生都捏著手帕，讓男生牽著手帕跳。這樣一來，表面上是兩個人牽著手，實際上，中間還隔著一條手帕。老師戴的眼鏡鏡片很厚，不仔細看，絕對看不出來。

辦法想出來後，大家都鬆了一口氣。張妮妮說：「還好，我不必去廟裡收驚了。」她很討厭男生，一聽到要跟男生牽手，嚇得連酸梅都吃不下。

終於，緊張的一刻來臨了。課間活動的鐘聲一響，老師便要我們到操場排好隊伍，準備跳舞。

我捏住手帕，悄悄的往身邊一瞄。天哪！居然是「老戴」。

老戴是我們班的學藝股長，平常就愛跟女生作對。我怎麼會如此不幸，淪落為他的舞伴？不過，沒關係，我手中握有法寶。等一下，我會警告他，牽在手帕的另一頭，離我的寶貝玉手遠一點兒。

誰知道，男生們也早有準備。只見他們一走到操場，排好隊伍，便立刻從口袋裡掏出一小截樹枝，還有人蹲下來拔一棵野草。

男生就是男生，想用樹枝野草來讓我們牽，沒格調。

音樂開始了，老師一聲令下：「手牽起來。」我便捏著手帕，老戴拿著樹枝；我們都伸出手來。

「牽我的手帕。」我低聲命令老戴。

老戴卻看我一眼，說：「牽我的樹枝。」

於是，我用手帕去「牽」樹枝，他用樹枝靠著我的手帕。為了不露出破綻，被老師發現，我們很辛苦的將手微微舉著，保持「牽手」的樣子。等一曲舞結束，我的手臂真是又痠又累。

第二天，我竟然忘記帶手帕，沒辦法，只好牽著老戴的樹枝跳舞。

我簡直可以去競選「迷糊笨蛋傻大姊」，因為，一連三天，

我又忘了帶手帕。也就是說，我只好一直牽樹枝。

那一天，當我的手伸出去，又是空盪盪的，沒有捏著手帕時，忽然，老戴把手中的樹枝一扔，也空著手，朝我伸過來。音樂響了，我來不及蹲下去拔草，就這樣，我和老戴牽了手，勉勉強強的跳著。

老戴的手出著汗，黏黏滑滑。最可恨的是，他將我的手握得好緊。那一刻，我說不出來是什麼感覺，有些緊張，有些好笑。我偷瞄著老戴，他卻目不斜視，猜不透他為什麼要扔掉樹枝？

故事最後的結局嘛，隔一天，我把嚼完的泡泡糖黏在手上，讓老戴也沾了一手黏答答的泡泡糖膠，以示懲罰。

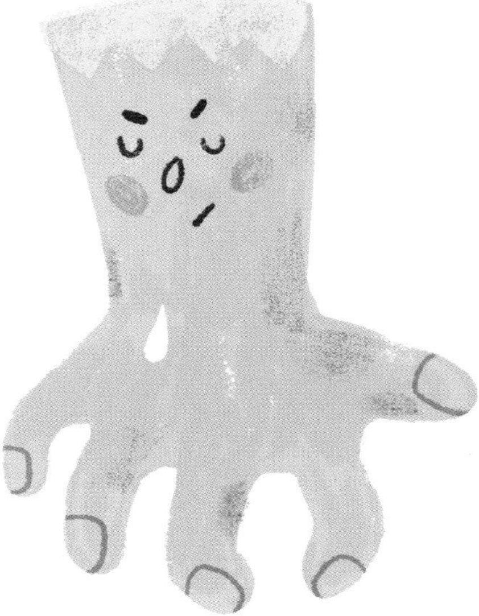

從此，他又開始帶著樹枝來跳舞了。一直到畢業，我們沒

有再牽手。而那一次牽手的記憶，卻留到現在；那麼緊，緊緊的黏在心中某個小角落。

6 我愛洋娃娃

我多麼想要一個洋娃娃啊！

我已經讀五年級了，可是，卻連一個真正的洋娃娃都沒有，只能玩著自己做的紙娃娃。

張妮妮的洋娃娃，有一頭金色捲髮，躺下來時，眼睛會自動閉上；身上穿的是淡藍色洋裝，裙邊鑲著一圈蕾絲。世界上怎麼會有如此美麗的東西呢？

媽媽總說：「你長得就像洋娃娃，何必還要一個假的娃娃？」但是我卻認為，凡是小女孩，都該有一個漂亮的洋娃娃，可以抱著睡覺，或跟它說悄悄話。

向爸爸撒嬌也沒有用，爸爸說寧可花錢買一堆故事書給我看。但是，故事書裡的小公主，手上也抱著洋娃娃啊。我看著看著，心意更加堅定了。

「下星期六要遠足，每個人交五十元。」我將通知單拿給媽媽看。

媽媽從皮包拿出錢來遞給我。

我小心的把那張鈔票摺成一小疊，藏在鉛筆盒裡。橡皮擦沾了些口水，輕輕的把通知單上「要參加」的勾勾擦掉，改成「不參加」。

隔天，我低著頭把通知單交給老師，小聲說：「我媽……媽媽說不能參加，那天舅舅結婚。」

舅舅其實早就結婚了。但是，為了我的洋娃娃，我安排讓他再辦一次喜事，反正喜事不嫌多。

老師說：「真可惜，我們要去兒童樂園呢。」

就是去白雪公主的城堡也改變不了我的主意！我打算挪用那五十元，去買一個洋娃娃。至於遠足那一天，我該怎麼度過，倒還沒有進一步計畫。眼前最重要的，就是開心的走進玩具店，喊一聲：「老闆，買洋娃娃。」

想到我即將成為一個「擁有洋娃娃」的人，真令我雀躍萬分，心情好極了。一整天，我都沒有跟男生吵架，也懶得去搶鞦韆玩。每節下課，我都留在教室，把鉛筆盒打開，死命的盯著那一張鈔票。我很擔心，怕它突然失去蹤影，或被別人偷走。

張妮妮靠過來：「橡皮擦借我。」

我狠狠瞪她一眼：「別想。」

她一副不可思議的表情，直說：「小氣鬼。」

我才不管呢，忠心的捍衛五十元比什麼都重要。

放學了，我將五十元小心的放進口袋，準備等一下直接到玩具店購買。因為專心想著洋娃娃，連老戴惡作劇的拉我的辮子，我也沒有還手。

走到玩具店門口，我先在櫥窗觀賞一下。每個洋娃娃都露出迷人笑容，等著投入我的懷抱。我挑選了半天，終於決定買那個戴皇冠的。

老闆一聽說我要買洋娃娃，瞇起眼睛問我：「小妹妹，你有錢嗎？」

真是欺負人。我噘著嘴，得意的往口袋裡掏，準備拿出那張五十元大鈔讓他開開眼界。

50元

這是怎麼回事？我掏了半天，幾乎將口袋扯破了，卻找不到錢。我又急又氣，把書包放在地上，取出鉛筆盒再檢查一遍，仍然不見錢的影子。

「小妹妹，叫你媽媽帶你來買吧。」老闆皺著眉頭，轉身去招呼別人。

我簡直要哭出來了。剛才明明放在口袋最裡層呀，難道是拿出手帕時，不小心掉了？我為什麼要拿手帕擦汗呢？天氣為什麼會那麼熱，害我流汗呢？

回到家，我哭得嗓子都啞了。媽媽直安慰我：「再拿五十元去交，下次小心點兒就好。」

可是，我哪裡還有勇氣騙媽媽的錢呢？我直覺想到，那是上天懲罰我的方式。

我忽然不想要洋娃娃了，只想找回原來的五十元。

7

蟋蟀快跑

「叫林東雄『狗熊』的人，自己就是大狗熊！」

聽到我這句豪情萬丈的話，林東雄睜大眼睛，滿臉不可思議的表情，疑惑的看著我。我只好對他說：「好啦，我知道是我最早叫你『狗熊』啦，對不起嘛。以後，我不會再這樣叫了。同時，我也不許別的同學欺負你。」

林東雄又高又胖，活像個大熱氣球，怎麼會有人敢欺負他？全班只有警衛股長仗著「惡勢力」，不時替他取綽號，什麼「狗熊」、「胖胖豬」，氣得他猛敲桌子；但是，又馬上被警衛股長記下座號，罪名是「破壞公物」。沒錯，林東雄天不怕，地不怕，就怕警衛股長。

警衛股長就是我。

至於我，天不怕、地不怕，就怕上體育課打躲避球。想想看，當球對準你砸過來時，多恐怖啊！而且愈是害怕，球就愈會打中自己，我常常是場內「死」得最早的人。對我來說，球就像是塊磁鐵，我則變成鐵釘，不自覺的往球的方向自投羅網，趕去送死。我一定跟球「八字不合，天生相剋」。

升上四年級，每節體育課都打躲避球，我已經在球場上「斷魂」無數次了。為了保住小命，我只好動腦筋，尋求救命方法。

終於，我有妙點子了。我發現班上最胖的林東雄，胖得多麼可愛啊。只要躲在他身後，就不怕被球擊中。如此一座最佳屏障，我得好好掌握。

所以，我不但不再叫他「狗熊」，也不准別人叫，否則，一律登記座號，罪名是「破壞同學名譽」。林東雄不知道我的計謀，以為我良心發現，非常欣慰，馬上請我吃一塊豆干。我一面嚼著豆干，一面發表勸世警言：「同學要相親相愛，怎麼能亂取不雅綽號？」

上體育課了，我勇氣百倍的走向「戰場」，找好最佳戰備位置：林東雄的屁股。老師的哨子一吹，我便跟著林東雄東逃西竄。「你幹嘛一直跟著我？」林東雄皺著眉頭，轉身問我。我只好向他坦白：「拜託，借我躲一躲。我怕球。」

球又來了，我連忙抓住林東雄的衣服，緊緊的躲在他背後。林東雄也想英雄救美，但是被我扯住，反而跑不動。最後，我們兩個「同年同月同日死」，雙雙愁眉不展的走到場外去。

林東雄嘆了一口氣：「都是你害的。」

我也搖搖頭：「跟著你一樣沒保障。」看來，我不能再依

靠林東雄了，得想辦法自救。「也許，我能躲得過球，只是太害怕了，才會手腳不靈活。」

我忽然想起，平時我雖然不能算是健步如飛，但也手腳俐落。媽媽每次喊：「誰要吃西瓜？」我不都是跑第一名，迅速抵達廚房嗎？

於是，我試著盯住球，盡量躲開它。說也奇怪，當你不再怕它，它就好像對你沒興趣了。漸漸的，我的「壽命」

愈來愈長，甚至曾經熬到最後一刻，只剩我一個人在場內東奔西跑，贏得我方熱烈喝采。

班上那幾個「無情殺手」，也對我刮目相看。他們說：「警衛股長好厲害，怎麼球都打不到她？」

然後，他們暗中幫我取了一個綽號，叫：蟋蟀。

我搞不清楚，這個綽號是讚美我「行動像蟋蟀一樣敏捷」，還是「長得像蟋蟀一樣，又瘦又小」？

林東雄叫得最大聲。每當躲避球賽開始，他就一直喊：「蟋蟀，快跑。」

現在，換他躲在我身後了。

8 那一碗陽春麵

我長得雖然不是國色天香、沉魚落雁，但也眉清目秀，「沉烏龜落麻雀」。所以，從小頗得許多叔叔阿姨、哥哥姊姊的喜愛。

小學二年級的老師，還為我取了個外號：洋娃娃。雖然引起不少男同學反彈，表示我名不副實，說：「有那麼兇悍的洋娃娃嗎？」但是，老師的話當然沒有人敢當面反駁。

這完全是他們的嫉妒心作祟。

有時，在公車上，會有大姊姊讓座給我。她們會甜甜蜜蜜的拉著我的手，說：「好可愛的小妹妹，來這裡坐。」

我也甜甜蜜蜜的回答：「不用了。」

「沒關係，反正我要下車了。」她們又說。

原來如此。

不過，要不是我長得天真可愛，恐怕也激不起她們的愛心。

我的好友張妮妮就說，她坐公車從來沒有遇到這種事，都要靠自己眼明手快去搶座位。

所以，那一天發生的事，我以為又是我的「美麗」帶來的奇遇。

那一天中午，在老張牛肉麵店裡，我點了一碗陽春麵，還切一盤滷味，準備大快朵頤。

麵端過來了，香噴噴的熱氣，讓我直吞口水。我右手拿筷子，左手拿湯匙，一口接一口吃起來。

當我陶醉在美食中，左眼卻機敏的瞥見：坐在門口有兩位大哥哥，一直朝著我瞧。

看他們的穿著，應該是附近大學的學生，他們桌上，不正擺著幾本厚厚的書嗎？其中一位，還戴著眼鏡，不時用手推了

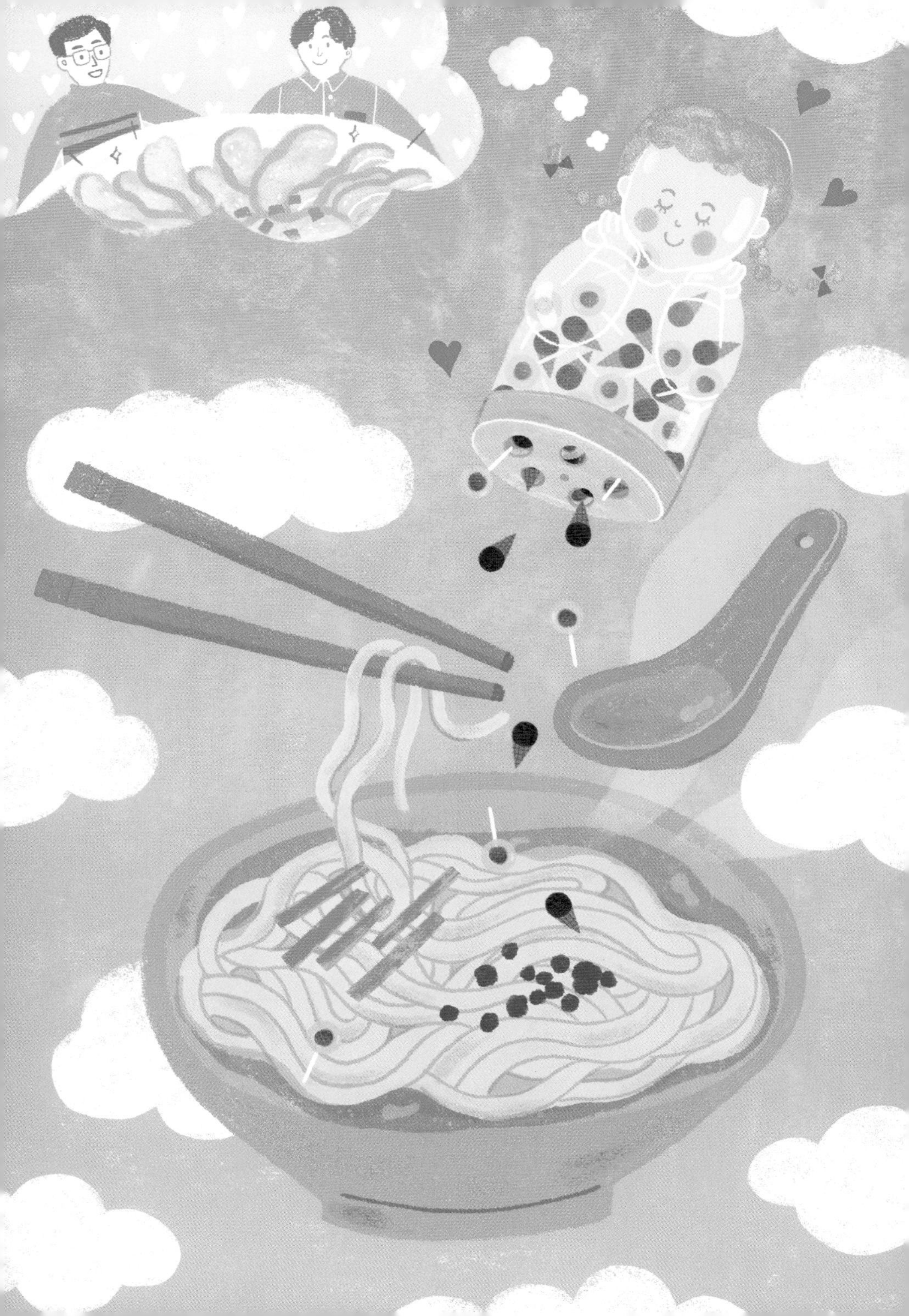

推。

他們一直笑咪咪望著我，還交頭接耳低聲說話。依我判斷，一定是在評論：「這個小女孩，長得好迷人啊。」說不定，還有一句：「迷人的小女孩，吃這些東西哪夠？我們再請她吃一盤豬頭皮吧。」

平時，媽媽只給我十塊錢，根本吃不起豬頭皮。如果有人願意請客，也不是不能考慮。雖然媽媽一直警告我，不准接受陌生人的禮物，但是這兩位大哥哥長相斯文，又有老闆在旁監視，他們總不致於對我下毒手。

我繼續吃麵喝湯，並不時偷瞄他們。我在心裡盤算著，如果，他們有進一步的計畫，比如等一下要請我吃棒棒糖、冰淇淋，我便會要求——當然是很客氣、禮貌，以顯示我的高雅氣質——棒棒糖一定要中間有一顆酸梅的那種，而冰淇淋，就巧克力口味吧。你知道，氣質高雅的人總要吃些貴一點兒的東西，好顯得品味出眾。

果然，那兩位大哥哥有行動了，他們輕聲說了一句話，然後，戴眼鏡的那位，便朝我走了過來。另外一位坐在原處，可

能是害羞吧。難道我的花容月貌使他受到驚嚇？

雖然我才十歲，但應付這種「仰慕者」已有不少經驗。通常，媽媽會要我柔柔的說：「謝謝您的讚美。」

我做好萬全準備了，豬頭皮可以接受，其他的暫緩。我對他們的身分來歷還不十分清楚，等我的父母看過他們的生辰八字，再決定要不要繼續交往吧。

戴眼鏡的哥哥走到我身邊，對我笑了笑，坐下來：「小妹妹，你是附近博愛國小的學生吧？」

我點了點頭。他繼續說：「你長得好可愛。」我就知道，老套。「可是……」他又笑了笑，「你喝湯的時候，聲音太大了。你的老師沒有教你，喝湯不可以出聲嗎？連我們坐那麼遠，都聽得見呢。」

臨走前，他回頭又是一笑：「下次記得喲，否則就辜負那麼可愛的長相了。」

多年以後，有一次，我看到一位美麗絕倫的小姐，親眼目睹她吃完牛肉麵，突然拿一張衛生紙用力擤鼻涕，那模樣真是超級恐怖。就在那一刻，我才體會到戴眼鏡大哥哥的心情。

9

好吃的紅絲絲

「我家後面有小河……」

音樂課教的這首歌，唱得好像「家後面有小河」是多麼了不起的事。其實，我家後面的地方比「小河」不知道好幾千倍。我家後面是一所國中的合作社，那裡賣的冰棒和零食全是「高級貨」，和小學部的截然不同。

舉個例子：小學只賣奶油糖果和酸梅、芒果乾等這種「騙小孩子」的東西。至於國中，嚇！什麼都有：王子麵、加紅豆的冰棒，以及各式各樣我從沒看過（更沒吃過）的誘人零嘴。

它開店的時間很長，因為老闆家就在學校宿舍，所以，學生放學後，它還繼續營業。每回，我和弟弟、妹妹到國中校園散步，最後行程一定是去參觀合作社，看看它又進了什麼新貨。

「姊，你看，那個紅絲絲，好像很好吃。」弟弟一臉饞相，指著玻璃櫃裡那一包包迷人的零食。

我故作鎮定，皺起眉頭拉著弟弟離開，一邊走一邊訓話：

「一天到晚只知道吃，餓死鬼投胎啊？」

「明明是你要來看的。」弟弟嘟著嘴抱怨。

話是沒錯，但是身上沒錢，就要有骨氣，不要被老闆看穿

我們是「純屬參觀」。我指揮弟弟、妹妹們，到操場去玩單槓、

盪鞦韆，以證明我們不是「衝著零食來的」。

我好不容易省下一些零用錢，湊足買一包紅絲絲的費用。

然後，我們姊弟四人便相約以「客戶」的高貴姿態，鄭重走進

國中大門。

我還是不忘先叫弟弟、妹妹在操場玩一會兒，再假裝「玩

得累極了」，然後從容走進合作社，買些東西吃，以補充體力。

我這麼做，主要原因是合作社老闆認識我的爸爸、媽媽，

合作社

我不想讓他們以為「王獸醫」（我爸爸是獸醫）常常幫母豬接生，所以生下四隻貪吃的小豬。

「老闆，買一包那個。」弟弟興奮的指著我們夢寐已久的美食。

目標達成，我們四人也忘了應該在操場再玩一下，好顯示我們不是「衝著紅絲絲來的」。我帶頭跑起來，一口氣就奔回家。

我們躲進房間，我小心的用嘴巴咬開塑膠袋，順便先拉出一條紅絲絲試吃。

哇，又辣又鹹，可是好吃極了。但是，我不能露出饞相，有損我這個大姊的威儀。

我吞了吞口水，告訴弟弟和兩個妹妹：「嗯，我試吃的結果，應該是沒有毒。」

聽完這句廢話，年紀最小的弟弟不耐煩的吵起來了：「我要吃，我要吃。」

我只好開始分配：「把手伸出來。」一條條的紅絲絲，放在他們的手掌心。

弟弟迫不及待的放進嘴裡：「哎喲！怎麼這麼辣？」

我正等待這句話哩。我慈愛萬分的對弟弟說：「你不敢吃，我幫你吃好了。」

小氣的弟弟怎麼捨得，他苦著臉說：「這到底是什麼怪東西，鹹鹹辣辣，又油油的？」

「是辣蘿蔔絲啦，袋子上面有寫。」大妹已經三年級，認得許多字了。

他們吃下第三口後，實在忍不住，便去倒開水，準備喝下去「解辣」。我靈機一動，想出「創意吃法」，說：「不如先把這些紅絲絲泡在開水裡，洗掉辣味。」

於是，在我英明的領導下，弟弟、妹妹們在開水中漂洗辣蘿蔔絲，再一條條放進嘴中咀嚼。

國中就是比小學高級，像這種需要發揮聰明才智的零食，國中合作社才會出現。

我家後面有國中合作社，賣著許多大人說是「吃了長不大」，而我們卻偷吃著長大的零食。童年，多了幾分快樂滋味。

10 三朵姊妹花

隔壁班是五年七班，每當下課時間，大家都在走廊上玩，我總會偷偷的往他們班瞧。

「張妮妮，看到沒有？坐在教室最後一排那個長頭髮女生。」我拉著最要好的同班同學，往七班教室內指著。

這是我的最新發現——我看到七班三天前轉來一個新同

學。這個新同學最特別的地方，就是長得漂亮極了，像故事書上的小公主。嫩白的皮膚、大大的眼睛，下課時，總是靜靜的坐在位子上看書。

張妮妮是個超級情報員，生平最大嗜好就是打聽別人家的事。哪一班的老師近來心情不好、誰在放學時被野狗追了五條巷子遠，都逃不過她的「法眼」。

至於我，生平最大嗜好，就是欣賞美麗的東西，譬如：夏天的冰棒、冬天的烤香腸。哎喲，可別誤會我是個貪吃鬼，我只不過對「美食」有超凡品味。除了食物，美麗的花、美麗的雲、美麗的卡片……也都能令我心動。我常常對著皎潔月光吟詩作對，甚至感動得差點兒掉出眼淚。

沒辦法，我就是懂得「美麗與哀愁」。

七班新轉來的這位美女，真令我又羨慕又嫉妒。當然，我也很「每粒」——每次吃飯都會掉飯粒。所以，我決定想辦法認識她，和她作朋友。和這樣一位白白淨淨、氣質典雅的人在一起，自己也會高尚起來吧。

張妮妮答應幫我的忙，因為她也想結交美女。以後我們三個人走在校園，大家都會將眼光集中在我們身上，我們的外號一定是「三朵花」。

我都挑好了，我是「玫瑰花」，鮮麗多刺，不輕易讓人

靠近，冷豔絕倫。張妮妮說她要當「水仙」。雖然我們沒有看過真正的水仙，但從花名有個「仙」字來聯想，大概也有「美若天仙」的意思。

張妮妮立刻進行情報活動，她很神奇，只花五分鐘，便把「第三朵花」帶到我面前了。

她的方法很簡單，直接走進七班教室，告訴她：「有一個人想認識你。」

「我叫張妮妮，她是王淑芬，我們讀六班，想和你做朋友。你從哪裡轉來的？」張妮妮真夠大膽，開門見山就說明清楚。

那位美少女臉紅了，微笑起來，小聲的說：「我從臺中轉來，我爸爸是警察。」

然後，又告訴我們，她叫「李湘琪」。

「謝謝你們當我的朋友。我剛轉來，誰都不認識，我也不好意思去找別人玩。」她的聲音甜甜的。

我和張妮妮馬上向她保證，以後每節下課都來找她。同時，如果有人對她不禮貌，我們一定會替她報仇。

李湘琪抿著嘴又笑起來了。

上課了，我仍然和張妮妮「眉來眼去」的傳遞消息。我豎起大拇指，再往七班教室方向指一指，意思是說：「她真不錯。」張妮妮也點點頭，表示看法一致。

為了討好新朋友，我們湊了湊零用錢，打算放學後請李湘琪吃冰。但是，當我們提出邀請時，她卻搖頭說：「我媽媽要我立刻回家。」

真叫人失望。不過，李湘琪想了一下，突然又開心的說：

「你們來我家吧，我媽媽做的綠豆冰很好吃呢。」

李媽媽做的綠豆冰果然好吃，小圓餅也好吃，牛奶糖更是風味獨特，吃了還想再吃。最令我們興奮的是，李媽媽對我們說：「歡迎以後常常來，小琪需要朋友。」

是的，湘琪需要朋友，而我們需要綠豆冰。那個夏天，

我們三個人真的成為最要好的朋友。

湘琪一直搞不懂，我和張妮妮為什麼幫她取名為「鈴噹花」？

這是我的點子，我在電視上看過，外國人在吃飯時，會搖著鈴噹，表示「來吃東西喲」。

湘琪不就是「鈴噹」花嗎？微笑著對我們揮手：「來吃吧。」

好啦，我知道我的外號應該叫「豬籠草」。

11

車中奇緣

媽媽一直認為家鄉的鄉村小學比不上城市小學，所以從二年級起，便將我轉學到市區的博愛國小就讀。

其實我對學校沒有特別意見，依我看，原來學校和博愛國小唯一的不同，是博愛國小離我家很遠，老師不可能做家庭訪問。

到底學校離我家有多遠呢？我只知道每天得搭一小時的公車才會到學校。放學時，再搭一小時，才能回到家。

我因此成了「通學生」。通學生最特別的，是常常被罰站在校門口，因為公車有時會遲到。

遲到的時候，我排在受罰行列中，心裡恨起公車來。公車司機技術那麼差，害我被罰，實在可惡。於是，我在心裡做出狠毒的復仇計畫：決定長大以後不嫁給公車司機。而且，我也力勸朋友們，統統不要嫁這種人，讓他們以後娶不到老婆。

張妮妮問我：「你不是說坐公車挺有趣？」

我嘆了一口氣：「說的也是。如果不害我遲到，其實每天在車上，常有好玩的事發生。」

我對她形容著，有那麼一天，一個長得多帥的高中男生一直要幫我拿書包。還有一次，我讓座給一位老太太，嚇！那老太太馬上拿出五塊錢當獎賞。

張妮妮聽得眼睛發愣，恨不得也搬到鄉下，天天通車。我得意極了，反正撒這種謊不害人。

可有一天，真讓我遇到一件妙事，甚至可說是怪事、驚悚事了。一位老太太上車來，步伐有點顛簸，依照平時老師的教導，我當然立刻站起

來，恭敬的讓座。

老太太笑得好開心，坐下來以後，拉著我的手，開始問東問西。

「這麼懂事的小孩，住哪裡？幾歲？讀幾年級？」

當我終於將我的「一生」對她交代清楚後，她滿意的點點頭，表示讚許。同時，她將手放進口袋，摸了又摸。

莫非，她真要拿出五塊錢來獎勵我？

正確答案是，她拿出一副老花眼鏡，戴了起來，朝我看了又看。

「咳！這小姑娘長得挺秀氣。嗯，眼睛也活靈靈。」

老太太看我的神情，令我有點兒難為情。

接著，輪到她報告她的「一生」，做為交換。她的一生可長了，從窗外是鄉野田間，一直講到進入市區高樓，也不過講到她十八歲那年的故事。

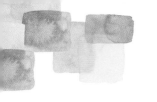

終於，她快要下車了，只好把十八歲以後的故事縮短為一句：「後來我就嫁人了。」

還沒結束呢，這又是另一個開始。她從先生講到兒子，從兒子講到孫子。最後，她做出一個驚人結論：「就是你！你來當我的孫媳婦最適合了。」

我還沒有搞清楚，她又滔滔不絕：「我孫子跟你一樣，也

是三年級。又高又壯，每天喝五杯牛奶。他可厲害，睡覺時，雷都打不醒。」

我不知道「雷打不醒」有什麼了不起，老太太卻說得像破世界紀錄一樣偉大。

總算她要下車了。在她準備站起來時，忽然拉著我說：

「來，把電話告訴我，我叫我孫子打電話約你玩。」

嚇死我了，我才不想和每天喝五杯牛奶的男生約會呢。我囁嚅的回答：「我家……我家沒有電話。」

「不要緊，來，把地址寫

給我。」老太太居然取出紙筆，遞給我。

慌亂中，我隨便捏造一個地址給她，她很開心的對我揮揮手，下車去了。

對老太太撒的謊，希望她能原諒。

我總算保住小命，不必和雷打不醒的人共度一生了。

12

知名不具

聖誕節快到了，書局門口擺滿琳瑯滿目、印刷精美的卡片。那些灑滿亮晶晶金粉的賀節卡片，叫人愛不釋手，恨不得把每一張都買下來。

我和張妮妮在書局流連許久，一直不能決定要買哪一張。

「這張聖誕老人挺有趣的。」張妮妮拿起一張卡片，展示給我看。

我搖搖頭：「俗氣。」

「要不然，小天使的怎麼樣？」張軍師又問。

我皺皺眉：「幼稚。」

張妮妮不耐煩了，問我：「你到底喜歡什麼？」

我不理她，繼續東挑西選，最後，終於拿起三張卡片，到櫃檯結賬。

「喂，你很古怪喔。聖誕節卡片，你挑的卻是兩隻鴛鴦在泡水，又印著『勿忘我』。」回家路上，張妮妮像個偵探，對我展開調查。

我白了她一眼：「那是鴛鴦戲水，不是泡水，請你有學問點兒。這些卡片是要寄給朋友的，所以寫『勿忘我』，有什麼不對？」

張妮妮拍了我一下：「我知道啦，要寄給男朋友。」

「不要亂講。」

話雖然這麼說，可是我忍不住笑起來。

一看到我這種表情，張妮妮馬上領悟：「我就知道！」

沒辦法，我的最大弱點，就是藏不住祕密。

在她百般追問下，我只好說出我的神祕計畫。

我偷偷喜歡班長，這件事，張妮妮也「偷偷」知道。但是，班長非常可惡，也可能是無知，完全不理會我的多情。比如，每次我假裝不小心把手帕掉在他桌子下，他便喊：「垃圾不要亂丟，好嗎？」真是呆頭鵝兼大笨瓜。

所以，在這個「鈴聲響起，雪花飄揚」的幸福佳節，我決定對他表白。在卡片上，我會抄一首詩——就是最近老師教的「君自故鄉來，應知故鄉事」——雖然好像跟「情」沒什麼關係，但是至少有「詩情畫意」。

除此之外，當然還要寫：「我願意與你成為知己朋友，如果你心情不好，我會給你友情的安慰。好嗎？」這麼纏綿悱惻，相信班長一定感動不已。

「但是，你為什麼一口氣買三張？」張妮妮聽完，也覺得很動人。不過，她還有疑問。

我只好說明：「我打算同時寄給三個人。萬一班長不領情，還有別的機會。」

我對班長沒有信心，說不定他收到卡片，又把它當垃圾丟了。這樣不是太沒有保障？

「哇，狡兔三窟，你好聰明。」

我不是聰明，只是精打細算，而且一口氣買三張有打折。

任何事要進行，就要做萬全的準備。班長如果不解風情，拒絕當我的知己朋友，那是他的損失。而我，還有另外兩個「候補員」，不愁沒有朋友。

三張卡片，我都寫著相同的內容；一張給班長，一張給老戴，那個跳課間舞和我牽手的男同學。最後一張，我悄悄的放在高高的體衛股長抽屜裡。

第二天，我從我的抽屜，摸出兩張回信。一張是印著聖誕樹的卡片，香得不得了，另一張則用淡藍色信紙，潦草的寫了幾個字。

兩張回信的內容大同小異，意思是：「我願意當你的知己。」

最妙的是，信末都寫著：「知名不具。」

我和張妮妮愁眉苦臉的坐在榕樹下，研究著這兩個「知名不具」是誰跟誰。

「你看，你太貪心了。這下子，誰是你的知己，誰是你的敵人，怎麼分辨？」張妮妮面容嚴肅的責怪我。

是啊，往後，我見到這三個人，該對誰笑，該對誰不理不睬？

十一歲的我，陷入了「感情」的困擾。

不久後，我又迷上了電視連續劇《長白山上》裡那個從來都不笑的男主角。「知名不具」成了永遠不會知道答案的懸疑事件。

13 名字

自從認識了新朋友湘琪，忽然間，我對自己的名字感到非常不滿。

「湘琪，湘琪……」我在心裡默默念著。唉，這個名字多好聽，彷彿一個不食人間煙火的仙子，在雲彩間翩翩起舞。那個「琪」字，就是安琪兒——天使的意思。有了這樣的名字，人也多了幾分靈氣。

至於我，偏偏叫什麼「淑芬」，俗不可耐。尤其老老的社會老師，每次在發考卷時，因為國語不標準，總把「王淑芬」給念成「哇，十分。」聽起來，好像我是個超級蠢蛋，永遠考十分。這種名字，又沒氣質，又容易鬧笑話，真是讓人失望透頂。

更麻煩的是，全臺灣地區的父母好像事先約定好了，統統把女孩子取名為「淑芬」，要不就是「淑華」、「淑惠」。據我知道，學校各班的「淑芬」，起碼超過一打。有一次，我還在合作社遇見一個一年級的小鬼，居然跟我同名同姓。看她趴在櫃子前，大聲喊：「老闆，我要買酸梅。」那副貪吃相，倒是和我有幾分神似，真不愧和我共用一個名字。

回到家，我嘟著嘴問媽媽：「我的名字是誰取的？」媽媽居然給我一個令人氣憤的答案：「是花了不少錢請算命先生取的。」

我的天！這種滿街都是的名字還得花錢，太沒有職業道德了，爸爸、媽媽也未免太容易上當。

我把我的悲憤告訴妹妹，沒想到，立刻獲得她十二萬分熱烈的回響。她苦著臉抱怨：「姊，你的名字還算好的哩。倒是我，為名字吃了不少苦頭。」

原來，妹妹的名字「秀梗」，常常被同學寫成「秀便」。那些錯別字大王，有時候乾脆就直接喚她「王秀便」，甚至簡稱「王便」。這種奇恥大辱，全是因為名字取得不好。我和妹妹相對默默，無言的嘆了好幾口氣。

「這樣好了，我們來改名字。」我提出建議。

「那怎麼行？爸爸會罵。」妹妹馬上搖頭。

我說出妙計：我們偷偷改，偷偷叫。

這個意思是說，平常仍然以原來的名字上學、考試。但是，回到家，我們兩人就用自己取的「美名」互相稱呼。

「姊，那我們要改什麼名字？」妹妹興奮的問。

我拿出字典，翻了翻，指示著：「我們是女生，先找『女部』，看看有沒有喜歡的字。」

最後，我選了「婷」，表示「亭亭玉立」。妹妹則猶豫不決，又想要「婉」，又想要「姍」。我告訴她：「你看字典上的解釋，姍姍是走路緩慢的樣子。」經由我明智的提醒，妹妹立刻決定：「走路慢不行，上學會遲到，就用『婉』好了。」

至於中間的字，我早已想好。舞蹈老師的女兒叫「尚文」，我覺得「尚」字聽起來挺有學問的，於是直接採用。終於，我和妹妹有了自己喜愛的名字：尚婷、尚婉。

我們把新名字寫在用過的作業簿封面，愈看愈得意，並且約好在私底下用新名字互相叫喚。

我最要好的同學張妮妮，也熱烈響應。她說：「我的名字很可怕，太像泥巴了。念起來總覺得黏黏的、爛爛的。哇，好噁心。」

我本來不知道，她的名字有這麼恐怖。聽她一形容，我也覺得噁心起來。所以，我慷慨的將字典借給她，讓她為自己取一個「嶄新的、不噁心」的新名字。

那一段時間，我們沉醉在新名字的喜悅中。上課偷傳的紙條，都是用自己取的名字來稱呼。妹妹也很開心，她偷偷在課本裡面寫上新名字。

然而，不久之後，我們便厭倦了。因為同時有兩個名字挺不習慣的，而且妹妹又抱怨「尚婉」聽起來像個送碗的。

我們又恢復「本名」了。但是我們決定，將來長大，一定幫我們的小孩取一個響叮噹的名字，而且千萬不要請教算命師。

14

風中騎士

鄉下孩子如果不會騎單車，簡直是莫大恥辱。然而，當我面對那一輛比我還高的車子時，手心開始冒汗，呼吸也開始急促起來了。等一下，我將騎在這輛單車上。到時候，是以優雅的姿態，輕輕滑過廣場，還是搖搖晃晃，重心不穩，然後摔個四腳朝天？

擔任教練的是我表姊，她一再保證，說：「我一定會緊緊拉住車子，不讓你摔下來。」但是，她也再三強調：「剛學騎車，如果不摔上幾次，哪能學得成？」

這種矛盾理論，使我不知道該鼓起勇氣跨上單車，還是打退堂鼓等長高點兒再學？

可是，左鄰右舍，每個十幾歲以上的孩子，放學後最熱門的娛樂，就是騎著單車在田間、山路遊蕩。有些膽大的騎士，經過我們面前，還會放開雙手，來個特技表演，在我們羨慕的眼神中，像一陣風，盪過來又盪過去，說有多帥就有多帥。

「不管了，我今天一定要學會。」為了加入「風中騎士」

的行列，我冒著可能摔跤的慘痛後果，決心向單車挑戰。老師不是教我們「有志者，事竟成」嗎？現在，我不但有「志」，還穿上兩件特厚長褲，耐摔耐磨，更有個超級教練。雖然表姊的單車技術不見得高明，但是最重要的是她有車子，可供

我練習。

表姊諄諄教誨著：「手不能彎，眼睛看前方，腳用力踩。就這麼簡單。」

表姊在車後扶著後座，告訴我勇敢的坐上去，她會拼命拉住。我小心跨上去，試試把手高度，調整一下坐姿，然後深吸一口氣，踩著踏板，準備邁出人生的一大步。

「用力踩。」表姊一聲令下，我使出全身力氣，轉動雙腳。車子開始往前走。表姊拉著車子，跟在後面跑。

「慢一點兒，慢一點兒，累死我啦。」表姊氣喘吁吁的指示著，我只好放慢速度。但是，身體突然一歪，便連人帶車摔了下來。

我忍住痛，做了幾個深呼吸。我必須發揮騎士精神，不怕苦、不怕難才行。將車子扶正後，表姊再度幫我拉著。她擦擦汗，開始抱怨著說：「你怎麼這麼重，該減肥啦。」

為了早日學成，我不但不怕苦、不怕難，更不怕身材被批評。更何況，胖點兒比較好，肉多摔不疼。

「對，就是這樣，保持平衡，一直往前騎。」表姊在後頭不斷指導，我也愈騎愈順手，愈騎愈得意。原來，騎車不難嘛。

幾次練習後，我終於抓到竅門，不會在車上東搖西擺了。表姊說：「你真厲害，等一會兒我試著放開手，讓你自己騎騎看。」

「沒問題，我應該可以自己騎了。」

我彷彿已經看見一個神采飛揚的美少女，騎著單車，在風中呼嘯而過，邊騎邊唱歌。而兩旁觀賞的人，將以驚嘆的眼光讚賞著：「好快的速度，好俐落的身手。」

表姊叮嚀我：「你按照剛才的方法一直向前騎，我會在適當的時機放開。千萬不要回頭，只管騎，體會那種平衡的感覺。」

於是，我充滿信心的出發了。從廟前的廣場開始，我一路往大街上騎。果然，雜貨店的阿秀看見我了，拼命向我招手。不過，我的技術尚未達到單手放開階段，只能「心領」她的讚美，無法揮手回禮。

再往前騎，感覺車子愈來愈輕。我叫表姊一聲，卻沒聽見回答。原來，她不知道什麼時候放開手了。多美妙的一刻呀，我真的成為「風中騎士」啦！

再下一秒，只看到理髮店的五歲小鬼阿雄，正蹲在門口尿尿，而我的車，忽然重心一偏，往理髮店衝過去。

「趕快煞車！」表姊的聲音從遠遠的地方傳來。

只是，這位偉大的教練忘了，她根本沒有教我怎麼煞車啊。

我和阿雄同時摔在單車底下。唉，五歲小孩的哭聲，真夠慘烈的。

故事最後的結局是，阿雄額頭留下一道淺淺的疤痕，而我除了懊悔，身上好像還有永遠揮不去的尿臊味。

15 老佛爺吉祥

感謝媽媽，讚美媽媽，在她生下三個女兒後，又生下一個小弟弟。

弟弟皮膚又白又嫩，睫毛長長翹翹的，一雙大眼精精靈靈，是個人見人誇的小帥哥。當然，身為大姊的我也與有榮焉。不過，讓我和大妹、小妹三位女性特別疼愛弟弟的原因，不是因為他的長相，而是因為——他是男生。

還有什麼遊戲，會比「將小男生打扮成女生」更好玩、更刺激呢？

弟弟這個「超級活玩具」，整天傻傻的跟在三個姊姊後頭。我們玩「藏鞋子」，他也吵著要玩，卻把一隻鞋子，藏到又臭又濁的水溝裡，害我得拿夾子挾上來，捏著鼻子替他清洗。我們玩「一二三木頭人」，他總是犯規亂動，又不認錯。不過，我們三個「長輩」，永遠慈祥萬分的原諒他。沒辦法，得把他侍候得服服貼貼，他才會答應跟我們玩「扮裝」遊戲。

我們窩在床上，找來被單、毛巾、手帕，大妹還將平日收藏的「珠寶」——幾根雞毛、一條紅色塑膠繩貢獻出來。然後，三位化妝師便開始進行偉大的工作。

「弟弟，不要亂動。」坐在床上的弟弟，不時抓頭髮、挖鼻孔，非常不合作，我只好每隔一分鐘警告一次。但是弟弟沒有耐性了，直嚷著：「不好玩，我不玩了。」

什麼不好玩，我們三個女生玩得正起勁呢。於是，雙方展開談判。我提出誘人的條件：「等一下買紅絲絲給你吃。」弟弟撇撇嘴，搖搖頭說：「不要，紅絲絲很辣。」我只好忍痛使出絕招：「那我等一下陪你玩騎馬。」

弟弟雙眼發亮：「真的？」

所謂「騎馬」，就是我趴下來當馬，弟弟騎在我背上，沿著床鋪繞三圈。弟弟趁機開價：「五圈。」

我瞪他一眼：「小賊。」

「不玩就算了。」弟弟一把拉掉頭上的花巾，準備站起來。

沒辦法，只好點頭答應。

我攤開被單，披在弟弟身上，再將紅色塑膠繩綁在他腰間。大妹出點子：「姊，我們這次把弟弟打扮成白雪公主好不好？」

「老掉牙了。」我有更新潮的主意。

「電視上不是在演『慈禧太后』嗎？我們讓弟弟演慈禧，我來當珍妃。」

按照劇情，珍妃會被慈禧太后害死，很可憐，我決心替她報仇，改寫劇本。

弟弟的頭上用毛巾圍了一圈，再插上一根

雞毛當裝飾。他不太滿意：「醜死了。」

「慈禧太后又不是世界小姐。」我斥喝一句，並且令他坐在枕頭上不要動，丫環要端湯給他喝。

大妹、小妹端著碗，碗裡擺上幾顆小石子，捏起嗓子細聲細氣的說：「老佛爺吉祥。老佛爺請用蓮子湯。」

弟弟接過碗，耍賴了，說：「不好玩，石頭又不能吃。」

真煩，我只好提前讓他魂歸西天。

「你假裝喝一口，然後倒下來死翹翹。蓮子湯有毒。」我一邊提示劇情，一邊披上被單跪在弟弟面前。我演的是珍妃，得裝出楚楚可憐的模樣。

可是弟弟還不想死，他抱怨著：「每次都叫我當女生，而且每次都要死。」

這話倒是不假，上回演白雪公主也是吃了毒蘋果就掛了。為了安撫，也為了吸引弟弟下次再玩，我壯起膽子，告訴他：「我去偷媽媽的裙子，怎麼樣？」

大妹低聲驚呼一聲：「你敢？」

怎麼不敢？既然要玩，就要玩「真的」，老是用被單當禮服，太沒格調了。

媽媽有一件輕飄飄，淡綠色的長裙，正適合弟弟的身材。從弟弟的脖子套上去，裙子立刻變成高雅的斗蓬。

弟弟興奮極了，套著長裙在床上跑來跑去，一不留神，摔個朝天跤。他站起身，又聽見「嘶」一聲，裙子被他踩裂一道長縫。

從那以後，我家床上再也聽不見「老佛爺吉祥」這句臺詞了。

16 肚子裡的泡泡糖

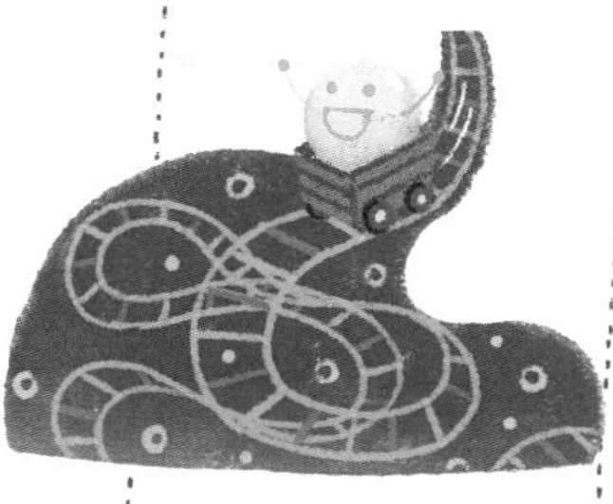

「沒有人帶小孩子去的啦。」我嘟起嘴，試著想跟媽媽講道理。

但是媽媽一點兒也不講理，非要我帶弟弟一起去。

五歲的弟弟傻呼呼站著，瞧瞧我又望望媽媽。

終於，我嘆了一口氣：「好吧，這次帶他去。」

我要去的地方，是級任薛老師的家。昨天，她邀請班上十位小朋友到她家玩，我很幸運的也在受邀名單上。更讓我興奮的是，聽說薛老師家開雜貨店。

雜貨店！就是那種在門口擺著一個個玻璃罐，罐裡裝滿糖球、餅乾、泡泡糖的幸福地方。根據我的猜測，一進老師家門，首先將是一顆又圓又硬的糖球招待，接著是幾塊餅乾塞入我們手中。當然，我們會斯文有禮的說：「不用了，不用了。」然後，趁老師轉身拿泡泡糖時，迅速將這些美味可口、完全免費的零食一口吞下。

我卻怎麼也想不到，媽媽臨時有事外出，非得由我照顧弟弟。儘管我的數學不是很靈光，但是多一張嘴，我就少吃一些，這個簡單的計算我還是明白的。

媽媽難道不知道帶一個小孩子去雜貨店，將會有不堪設想的事發生嗎？

我牽著弟弟，腳步沉重的往老師家前進，一面諄諄教誨：

「薛老師很兇，你千萬不要開口亂說話，就算看到好吃的東西，也不能吵著要吃。」

弟弟只聽到下半句，大聲叫：「好吃的，我要。」

我只好板起面孔，繼續恐嚇：「你敢吵，小心薛老師罰你寫字。」

弟弟果然閉緊嘴巴，不再出聲。想了想，他又說：「寫字是什麼？」

薛老師家真的開雜貨店，而且店裡貨色齊全，從蘇打餅、豆干絲，到牛奶糖、紅豆糖、冬瓜茶，應有盡有。其中，最為我們熱愛的「白雪公主泡泡糖」，也擺在櫃子正中央。

「白雪公主泡泡糖」的包裝紙上，印著白雪公主的美麗圖案，吃進嘴裡，起初是軟綿綿、甜滋滋的，等到甜味消失，用舌頭頂成球狀，往外輕輕一吹，便可以吹出一個泡泡來。功夫厲害的，甚至能變花樣，吹成三、四個球，遠遠望去，嘴邊像開了幾朵小花。

迷人的「白雪公主泡泡糖」，一人一顆，塞進我們掌心時，我和同學都客氣高雅的放入口袋中。雖然老師直說：「吃吧，別客氣。」但我們彼此交換眼神，無聲傳遞著一個訊息：「誰先吃、誰就是豬。」

在老師家，無論如何，要呈現最佳風度，以表示家教良好、教育成功，沒有辜負老師和父母的期望。

然而就在此時，一頭不知死活的小豬剝開包裝紙，「巴答巴答」的嚼起泡泡糖來，還將白雪公主包裝揉成一團，順手扔在地上。

我飛快撿起地上的包裝紙，輕輕的對那頭五歲小豬微笑：

「弟弟，不可以亂丟垃圾。」同時以無比愛憐的手勢摸摸他的頭：「吃糖不能出聲喲。」

弟弟顯然被我的「慈愛」搞迷糊了，或者是嚇慌了。總之，他嚥了嚥口水，忽然大叫一聲：「我吞下去了。」

所有人都圍了過來，薛老師緊張的問：「怎麼了？」

弟弟可憐兮兮的回答：「剛才……我……吞一塊泡泡糖……到肚子裡。」

「泡泡糖怎麼能吞？」

「哇！會黏腸子呢。」

同學你一言我一語的發表議論。我又羞又急，拉住弟弟，要他張大嘴，試試看可不可能將泡泡糖吐出來。

薛老師笑著安慰我：「一小塊泡泡糖，沒事。」

回家路上，我仍籠罩在羞憤當中，不斷責罵弟弟：「全世界都知道我有個貪吃鬼弟弟啦。」

弟弟沒說話，只是一直摸著肚子。

我其實應該告訴他，泡泡糖不會黏腸子的，我不知道吞下多少呢。只是，事隔多年後，我還是沒有說。

17 再給我一次機會

「李大佑，你這個白痴！」我雙手插腰，惡狠狠的朝眼前足足高出我兩個人頭的男生吼著。

李大佑真的是白痴，不過老師不准我們這樣稱呼，她說：「李大佑只是智慧發展得比較慢，大家要幫助他，讓他的功課趕上進度。」

但是，李大佑對功課進度一點兒也不關心，整天嘻嘻哈哈的追著同學玩，要不就是拿著筆在簿子上亂畫一通，老師也拿他沒辦法。已經六年級了，他卻連九九乘法都不懂，這樣的學生夠老師頭痛了。

老師對他的唯一希望，就是：「平平安安回到家。」這句口號還有前半句：「快快樂樂上學去。」但是，老師沒有對李大佑說。

李大佑沒有朋友，他不會跳橡皮筋，不懂連環漫畫，當然也學不來猜謎語、填字遊戲。

可是，李大佑每天都「快快樂樂上學去」。他自己和牆壁玩得挺好的，常趴在窗臺上看操場，手指頭在牆上畫呀畫著。

打掃時間，他拿著竹掃把東揮西揚，漫天灰煙陣陣飄灑，他卻興奮得又叫又跳。我身為警衛股長，當然立刻前往糾正，勸他改過向善。

我勸告的方法很簡單，就是大喝一聲：「李大佑，你這個白痴！」

李大佑回頭看看我，竹掃把揮得更起勁了，他一面揮一面叫著：「來捉我，來捉我。」

原來，他想找我陪他玩。

我義正詞嚴的警告：「現在是打掃時間，不能胡鬧。等一下再跟你玩。」

別以為我心腸好，肯和他玩遊戲。只因為老師規定我當他的小老師，所以有責任督導他的一舉一動。通常，我命令他去攻打哪個男生，他都會服從指示。那些平時和我有「過節」

的男生，在遭受李大佑的攻擊——踢一下屁股後，總是罵我：「最毒婦人心。」

管他什麼心，我開心就好。

我和李大佑合作愉快，引來男生的不滿。老戴到處散布謠言：「王淑芬和白痴談戀愛。」

冤枉！我的白馬王子是班長，不是白痴，白痴和白馬差很

多。但是謠言滿教室飛，逼得我只好舉行說明會，公開表示：

「我怎麼會和個白痴做朋友？」

我並且以行動證明，不再理會李大佑。當他拉著我的頭髮，傻兮兮的嚷著：「阿王，來玩。」我回頭賞他一個大白眼，「哼」一聲跑開。

他真是天生的白痴，根本搞不懂我已經和他「化友為敵」，成天還是跟在我身後，一直問：「今天要去踢誰的屁股？」

「踢你自己啦。」我瞪他一眼。

他想了想，抓抓頭：「踢不到。」

「你好煩喔，去坐好。」我下達指令。

他果真回到座位上，拿著筆在國語課本上畫圈圈，還給課本上的媽媽加鬍子。

沒有人陪他玩，他還是笑咪咪的帶著便當上學，又拎著便當回家。老師在黑板口沫橫飛的講解「植樹問題」，他竟趴在桌上睡著了，並且打起呼來。

終於，李大佑要轉學了。那一天，老師看起來特別慈祥，不斷叮嚀他：「到別的學校要好好用功喲。」李大佑點點頭，李媽媽也點點頭。

我幫李大佑整理抽屜，搜出一球球髒兮兮的紙團，他接了過去，把紙團塞進書包。然後，他對我說：「阿王，再見。」

多少年過去了，我卻再也沒有見過他。我從此沒有再喊任何人「白痴」。

18

芭樂大戰番茄

第三顆芭樂也慘遭偷竊，下落不明！

大妹氣急敗壞的趕來向我報案，我立刻放下手中的故事書，飛奔至後院，抬頭一看，果然，芭樂樹右邊枝幹上只剩空蕩蕩的幾片葉子。

本來，那兒垂掛著一顆即將成熟，圓滾滾、綠油油的芭樂，湊近了聞，還有陣陣香甜。只要再等三天，我們就可以摘下，用水果刀薄薄的一片片削著、沾鹽巴吃，那是人間美味呢。

現在，不知是誰提前採收。也許正躲在什麼陰暗的角落，像隻可惡的老鼠急急的啃啊咬啊。我和大妹恨恨的詛咒著，希望偷摘芭樂的盜賊，吃完後瞬間腹痛嘔吐發燒兼長痲子。

從上星期起，這棵芭樂樹已經連續被偷摘三顆果子，可說是損失慘重，害我們白嘸許多口水。好不容易看著芭樂從一個指尖大的小圓點，長成拳頭大的果實，卻在一夜之間，活生生從我們眼前消失，哪能忍得下這口氣？

捉賊計畫於是祕密展開。

首先是大妹絞盡腦汁，想出一個方案：輪流在窗口監視，等盜賊出現，立刻擒捕。

這個方案基本上有幾個難點要克服。先是目前芭樂樹已經沒有快成熟的果子，所以欠缺誘餌。雖然大妹自告奮勇要用蛋殼「做」一個假芭樂掛上去，但是我毅然搖頭拒絕。大妹的美勞作品恐怖程度全家都領教過，最有名的一件是「我的家庭」畫像，凡是看過的人都以為她畫的是「動物園」。

其次，誰知道盜賊什麼時候會出現？如果輪值的人正好去上廁所，或轉身拿衛生紙擤鼻涕，就在此時，盜賊已經得手，又該怎麼辦？

大妹被我的考慮周詳深深感動，自願放棄她的提案，等著聽我的高見，並發誓絕對配合。

我在紙上寫寫畫畫，還伸出左手，五個指頭輪流彎一彎，模仿電視上的軍師「屈指一算」。終於，我靈光一閃，想出絕妙佳計。我開口說：「在每個芭樂上抹一種東西。誰偷了，手就會有味道。」

我的妙計也受到大妹考驗，她說：「抹什麼好？墨汁還是

檸檬汁？」

而且，誰去抹？

這個書上得來的捉賊靈感，看來亦難以實行。

我和大妹默默相對，除了譴責「世風日下，人心不古」，也只能大罵「偷吃賊一定沒好下場」。

幾天過去，樹上又有圓圓的芭樂身影了。這一次，我和大妹

沒事就坐在樹下，守著幾個墨綠色的芭樂寶寶，用鷹一般銳利的眼神掃視四方。

「姊，你看，阿三和他弟弟從剛才就一直蹲在水溝邊，而且偷偷看這裡。」

大妹偵測到可疑人物了。

我嘉許的點點頭：「我也發現了！我們假裝進屋子裡，探探他們的行動。」

兩個人不聲不響的走進屋裡，大妹的眼睛還特意往上翻，

一副冷面偵探的模樣。一進室內，我們趕緊趴在窗口，瞧瞧接下來會發生什麼事。

果然，阿三這小盜匪趁四下無人，迅速的跑到芭樂樹下，手一伸，銅板大的芭樂便扯下來，塞進口袋裡。

「小偷！小偷！」我高聲喊著，從屋裡跑出來。

阿三愣了一下，右手插進口袋，直說：「我沒有。」

「你明明有，我們都看見了。芭樂賊！」大妹在一旁幫腔。

阿三突然表情一變，擺出兇巴巴的樣子：「你們還敢說，是你們先去偷我家的番茄。」

啊！那些小不點兒，還生青慘白的小番茄，尚未成熟便被我和大妹偷偷採下的小果子……

「哼。」我和大妹瞪他一眼，再度不聲不響的走回屋裡。

19 不見不散

「放學後，我們到廟口去『完』，不見不散。」

卡片上歪歪斜斜寫著一行字，不必費心猜，我知道一定是老戴，也只有他，才會把每一個字寫得像被鬼附身，個個扭曲變形、慘不忍睹。此外，他還有另外一項本事，就是不時穿插幾個錯別字。

卡片正面印著蛋糕圖樣，而且灑滿金粉，輕輕一揚，金粉紛紛掉落，沾得人一身金光閃閃。

我飛快的轉頭看了看老戴，他正好從抽屜中抓出一把王子麵，看到我，又立刻把手縮進抽屜裡。

「噁心、假正經、厚臉皮。」我在心中無聲的罵著，全班三十八個人，共有三十九個人知道老戴「暗戀」我。第三十九個人，就是張妮妮的媽媽。當然，這都要感謝張妮妮的大嘴巴。

今天是我生日，也不知道老戴從哪兒打聽到的消息，居然偷偷放張生日賀卡在我抽屜中。據我判斷，他也許已經準備可口的零嘴，甚至一瓶彈珠汽水要為我慶生。但是，我決不是饞鬼，銜著那一個「完」字，他真的完了，我可不想交個錯別字大王男朋友。何況，堂姊早就和我約好了，放學後，要我到大同書局門口等她。她會挑本故事書送我，然後再一起去買蛋糕。我們也講好「不見不散」。不識相的老戴，就讓你去傻等，和廟口的流浪狗不見不散吧。

放學了，我快步穿過小巷，來到大同書局。

堂姊就讀的高中在另一頭，放學時間比我晚。所以，我先在店裡繞一圈，順便想想等會兒該挑哪一本書。《蛋的食譜》不錯，每頁都有令人垂涎的照片，《世界鬼怪錄》也行，同學一定都搶著跟我借。對了，《希臘神話》怪好看的，上次曾在

張妮妮家翻了一下。

天色漸漸暗下來，書局裡的人來來去去，只有我一個人還在店裡漫步踱著。櫃檯後的老闆動也不動，用一副等著我偷東西的眼神，直盯著我瞧。我只好把手中的書放回架上，站在門口，望著天邊發呆。

有一群鴿子斜斜飛過來，又聽口令似的轉身飛往另一邊。紅一道、橙一道的晚霞，鋪展在遠遠的天際。我拉拉書包，雙腳不停抖動，免得蚊子停下來大飽口福。

「堂姊忘了嗎，還是發生意外？」我在心中做出各種假設。她會不會在半路上被綁架，會不會走錯地方？我已經足足等了

兩個小時，等得都快哭出來了。

說好不見不散，我不敢離開，書局的招牌亮起燈來，我站在燈下，孤伶伶的影子投射在馬路上。一時間，我好恨、好恨堂姊。

我打開書包，想找銅板打電話回家，一拉開，就看見老戴送的卡片。哎呀，老戴該不會也在廟口痴痴的等著吧？廟口的蚊子，絕對比書局多上十倍。

我很想到廟口看一看，但又怕錯過堂姊。正在猶豫時，堂姊匆匆忙忙奔過來了。一見到我，只說：「剛才和同學去逛街，所以來遲了。」我不想買書，對蛋糕也沒有胃口了。只拜託堂姊，可不可以陪我繞到廟口走走。

偌大的廟口，只有兩三個老人在榕樹下聊天，不見老戴的影子。我有些失望，怎麼，不見不散是隨口說說的？隔天見到老戴，我一句話也不想說。但是，從抽屜中，我搜出了另一張卡片。打開一看，赫然又是老戴那驚嚇過度的可怕字體。

「昨天我等很久，後來被我媽媽『馬』回去了。」

20

罰跪

我和大妹、小妹、弟弟四個「犯人」，跪在床上，抿緊嘴唇，不敢出聲，也不敢亂動。

剛才，在我「英勇」的領導下，我們四個武林高手，偷偷潛入雞舍，和母雞展開一場暗無天日的拼鬥，主要目標是那三顆窩內的雞蛋。

其實，我們的動機非常神聖。根據我的計畫，當雞蛋得手後，我們將會把它呈獻給奶奶，讓她老人家滋補養身。又根據我的經驗，奶奶一定回答：「老都老囉，補什麼？你們拿去吃。」

於是，不久，在美麗的小溪旁，可愛的泥巴池裡，將會升起一堆溫暖的火焰，以便烤熟那三顆雞蛋。

當雞蛋烤熟後，接下來，自然是四個幸福的小孩，友愛親密的分享美食，滑嫩的蛋白、綿綿粉粉的蛋黃。每一口，都讓我們齒頰留香。

然而，天有不測風雲，我們的行動只進行到進入雞舍，就被「逮捕」歸案。這位超級捕快不是別人，正是爸爸。那時，他正好蹲在雞窩旁，準備幫小雞打預防針。

「原來，偷蛋的賊不是蛇，是你們！」爸爸的語氣，一聽就知道情況不妙。

果然，我們統統被趕到臥房，一字排開，跪在床上。床上鋪著草席，凹凹凸凸的，膝蓋疼得不得了。而且，爸爸又下了命令，必須等到他出完診，幫當天所有的動物病患診療結束，我們才能「出獄」。

一聽到爸爸的機車聲音愈走愈遠。我趕快指揮弟弟、妹妹：「快，拿枕頭。」

弟弟呆頭呆腦的，拿起枕頭就躺下來。

「還睡！拿枕頭墊膝蓋啦。」

大妹用崇拜的眼神看著我：「姊，你好聰明。」

接著，為了打發漫長的「獄中」時光，我開始講故事給他們聽。雖然我說得口乾舌燥，但是，總比呆呆的跪著好，至少感覺時間過得比較快。

「噓，媽媽來了。」大妹跪在門邊，負責守衛。

於是，我們迅速扔掉枕頭，擺出認錯的哀悽表情，對著天花板默默不語。

媽媽走進臥房，嘆了一口氣：「你們闖禍，我可不能偏袒。

今天爸爸要天黑才回家，好好的反省反省吧。」

弟弟動了一下身體，媽媽皺起眉頭問：「膝蓋痛不痛？腳麻不麻？」

這傻小子眼看就要回答：「我有枕頭……」我趕緊咳了兩聲，壓著喉嚨說：「媽，我好渴，想喝水。」

趁媽媽去倒水，我立刻瞪著弟弟：「不准開口。」

媽媽伺候我們喝完水，又到客廳去縫製衣服。

天色光亮無比，跪到幾時才天黑？我們開始不耐煩起來。

弟弟還批評我說的故事，他問：「為什麼王子和公主，兩個人老是親來親去，真沒意思。」這種不懂詩情畫意的聽眾，真是浪費我的脣舌。

「對了，我來講鬼故事。」大妹居然也有節目。

可惜，她的鬼故事不但不刺激，反而十分爆笑。她的故事內容只有一段：「從前，有一個人，死了，就變成鬼，就完了。」

為了成為弟弟、妹妹的好榜樣，我只好絞盡腦汁，示範幾個真正的恐怖鬼故事。我顫抖的語調，也斜著眼，想把氣氛營造得極其嚇人。

「在一座古廟裡……」

這些鬼故事，果然把他們嚇得膽戰心驚、魂飛魄散。弟弟甚至尖叫出聲，最後，又嚇得哭出來。

不知過了多久，爸爸走進來了。一看到我們膝下墊著枕頭，跪得東倒西歪，生氣的責罵：「這樣算罰跪嗎？」

媽媽也跟在爸爸身後進來，她用更生氣的語調罵爸爸：「罰了老半天還不夠？你看，弟弟都跪得哭了。小孩子嘛……」

21 祝您結婚快樂

「這種事，並不容易遇上。」張妮妮以一種專家口吻，慎重的看著我。

我點點頭，轉身告訴高靖文：「所以，我們一定要好好選擇，送一份特別的禮物給老師。」

高靖文很興奮，連忙問：「送什麼？」

我們三個人，你一言我一語，召開祕密會議，討論究竟該選哪一類禮物。真的，當我們聽到級任薛老師要結婚時，第一個反應就是：「怎麼會有這種事？」

我們真正的意思是：「原來老師跟其他人一樣，也要結婚、生小孩。」

平時，老師站在講臺上課、罵人，指揮值日生倒垃圾、洗抹布，口頭禪是「再吵就去跑操場」，最常穿的是運動服、白布鞋，動不動就雙手插腰，吆喝一句：「坐好！」下課時，她低頭批改作業，右手總是沾著紅墨水。

這樣的老師，實在很難想像她也要當新娘，嬌滴滴的捧著花，塗上厚厚的口紅，文文靜靜的坐在體面的禮車內。

不知道薛老師要嫁的對象是誰？

「喝喜酒那天就揭曉了。現在，最重要的，是決定送什麼。」我拿出一張紙，準備做會議紀錄。

「我們每個人捐出五十元，合起來有一百五十元。這筆錢，應該可以買到很豪華的禮物。」張妮妮說到「豪華」兩個字時，還比了個很誇張的手勢，好像買了顆大鑽石，晶光耀眼，照在老師幸福的臉龐上。但是，高靖文常常陪媽媽逛街，她的購物經驗比較實在：「一百五十元，只夠買普通貨色啦，一個洋娃娃都標價五十元呢。」

最後，我們決定利用星期六下午，到市中心逛逛，挑選適合的禮物。老師的終身大事，不能不謹慎。

從我們走進第一家商店開始，便展開熱烈的爭執。張妮妮每看到一件古怪的東西，就大喊：「這個好。」但是，高靖文接著一定回答：「你有毛病啊？」

陸續被張妮妮看上的禮物，包含：一個吸奶嘴的洋娃娃，一件金色迷你裙，一把孔雀羽毛，還有一隻會噴水的橡皮鯨魚。

高靖文提醒她：「是老師的結婚禮物，還記得吧？」

張妮妮卻堅持：「老師一定喜歡。」主要理由是，因為她自己很喜歡。

「我們要犧牲自己，盡量挑適合大人用的。」我只好苦口婆心的勸她。

於是，我們又走進另一家店，透明的玻璃櫃內，擺著一瓶瓶造型奇特的罐子。「是香水，我一聞就知道。」張妮妮又擺出專家姿態，鄭重向我們介紹。

我和高靖文吸吸鼻子，也很權威的點點頭：「沒錯，很香。」

但是，香水非常貴，小小的一瓶，就開價三百。我向她們使了個眼色，帶頭走出來。

「這家店是黑店，騙小孩子的。」我氣憤的說。

張妮妮也握緊拳頭：「對。汽水那麼大一罐，只賣一塊錢，它的瓶子那麼小，居然要三百。騙誰啊？」

「當我們是傻瓜嗎？」高靖文「哼」了一聲。

於是，我們三個聰明人，不屑的撇撇嘴，繼續往前走。

兩個小時過去了，精打細算的我們，雙手空空，頭也開始發昏。既要華麗，又要特別，更須有「祝賀新婚」的喜慶味兒，我們逛了半天，實在找不出適宜的禮物。

「看！」張妮妮忽然眼神一亮，手指右前方。

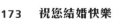

祝您結婚快樂

啊！那是一家擺滿獎盃、獎牌、錦旗的商店，金黃的獎盃，在陽光下亮晃晃的，閃著迷人光采。

我們走了進去，向老闆訂做一個「超級豪華」的獎盃。張妮妮還瞇起雙眼，裝作經驗老道的樣子，下達指示：「金色要塗得很亮，是送給老師的，不能寒酸。」

老闆笑咪咪的，問我們獎盃上要刻什麼字。

「祝您結婚快樂。」三個人異口同聲的回答。

當我們手捧那座獎盃，上面站著一隻金色獅子，喜孜孜的送給老師時，老師為什麼笑得那麼大聲呢？

現在回想起來，我自己也笑了。

22 社會真相

摸一摸枕頭下面，很好，那張嶄新的五元鈔票安安穩穩的平躺著。

照往例，除夕夜裡，爸爸會發給我們一人一個紅包，媽媽則叮嚀：「睡覺時，記得把壓歲錢帶在身上。」據說，這是「保佑」來年發大財的祕訣。

小孩子能有什麼機會發財？但是，光想著這兩個字，彷彿已經看到一張張鈔票滿天飄撒，拾也拾不完，空氣中充滿「銅香味」。錢，當然是愈多愈好，如果我有一大筆錢，才不煩惱呢，可以買多少洋娃娃、幾百本故事書，抽無數次獎哩！

我小心翼翼把紅包袋裡的五元取出來，這是爸爸特地到書局去換的新鈔，連一絲摺痕都沒有，味道香得很。上床前，我左思右想，最後終於決定把它藏在枕頭下，以策安全。

「姊，你的壓歲錢要不要存起來？」大妹臨睡前，和我討論財務計畫。

「存什麼，我早就想好用途了。」我神祕的宣布。

大妹是天生的吝嗇鬼，一聽到這句話，馬上說：「買什麼好吃的，別忘了分給我。」

她自己的錢，說是要「節約儲蓄」，用來繳學費。「這是大人用來騙小孩子的話，你真相信？我們每年的壓歲錢，都被媽媽拿去買東西啦。」我實在不應該拆穿師長的謊言，但是，我也不忍心讓妹妹繼續無知下去，趁早讓她明白「社會真相」也好。

「可是，媽媽真的有一本存款簿，而且我們的學費也是她繳的呀。」大妹辯解著，還說：「我的作文簿已經寫著，要用壓歲錢來繳學費，分擔父母的憂愁。」

我回她：「你這麼死腦筋，父母才憂愁呢。我的作文也是這樣寫的，但是，寫文章本來就該運用想像力。」

真沒想到從「壓歲錢的正確使用」，談到「文章書寫要點」，我很佩服自己的「博學多聞」。總之，大妹在我的殷殷教誨下，終於決定明天和我一起去「正確使用壓歲錢」。

我在鞭炮聲中醒過來，還依稀聽到客廳中傳來奶奶頌經的低語。這時候，爸爸應該正持著香，恭敬的祭拜祖先吧？媽媽可能在廚房忙著。我伸手往枕頭下一摸，漿平的新紙鈔還睡得沉，我翻了個身，又往夢裡去了。

「起來囉！新年快樂。」媽媽高聲喚我們，語調中充滿洋洋喜氣。她指揮大家換上新衣裳、新襪子，快快吃早餐，然後到廟裡去拜拜。

從進廟門開始，我就不斷和大妹竊竊低語。我告訴她：「店門開了，等一下就去。」大妹極力抑住笑容，裝做若無其事的神情：「好。」

等到拜拜結束，爸爸、媽媽又忙進忙出，我連忙抓住大妹，把錢塞進口袋，一步步往隔壁的雜貨店出發。

雜貨店的老闆連過年都不休息，照常營業，真是精

神可嘉。附近的小孩好像也沒休息，照常光臨，擠在窄小的店裡玩打彈珠、玩抽獎、比廟裡還熱鬧。

我和大妹擠在人群中，仰著脖子尋找目標。昨天夜裡，我們討論了很久，才決定用壓歲錢來玩「抽獎遊戲」。這是所有孩子都熱愛的遊戲，一毛錢可以抽一張紙籤，把紙籤打開，便知道得什麼獎。當然，通常得的是「謝謝」，就是「謝謝你樂捐一毛錢」的意思。不過，

誰敢說，下一張不會抽到一個特大號洋娃娃呢，人要有希望嘛！

「姊，我們抽那個。」大妹指著「香菸糖」。那種糖，形狀像一根香菸，吃起來涼涼甜甜。最大優點是中獎率高，花五毛錢總能抽中一根。

不過，此時此刻，新的一年開始，我們要有新希望。我瞇起雙眼，右手一伸，指著掛在上層的那張「白雪公主樂園」抽獎遊戲，大喝一句：「老闆，我要抽這個。」大妹拉了拉我：「姊，那個很難抽中耶。」

「我們共有十元，可以抽一百張。一百張都抽不中，可能嗎？第一特獎是白雪公主和她的城堡，還有七個小矮人。抽中了，我們輪流玩。」我對大妹曉以大義。

在那個鞭炮連連，我們的嘆息聲也連連的新年早晨，當一百張紙籤相繼打開，滿地散落，我和大妹終於明白什麼叫做「希望愈高，失望愈大」。總計，我們用寶貴的十元，只換來七顆泡泡糖、兩小罐「吹泡泡」和一地的「謝謝」。

當媽媽露出不可思議的表情，大叫：「十元都抽光了？」然後，我們兩個人又被罰跪在床上。那個新年，我們總算了解「雜貨店許多遊戲都是騙人」的「社會真相」。

23

加油加油

放學了，我低著頭，愁眉不展，腳上彷彿綁著鉛塊，緩慢沉重的一步步拖著。

我恨體育課，更恨跳箱運動。老師今天卻宣布，下星期要做跳箱測驗，而且還是高難度的「四層箱」。

不知道別人對「跳箱」有什麼看法，依我看，跳箱是跟小

孩子有深仇大恨的人發明的。想想看，箱子一個個疊起來，幾乎跟人一樣高，遠遠望去，只覺得像個巨人挺立在那裡，等著把你摔得鼻青臉腫。而老師卻站在身後，猛吹哨子，催促著：

「快跳！」

我深深吸一口氣，暗自祈禱「菩薩保佑」，同時發誓「只要這次讓我跳過去，我一定每天燒香拜拜。」

菩薩可能正好打了個瞌睡，沒聽見我這個「善女」虔誠的祈禱。當我賣力往前衝，在跳箱前的跳板用力一蹬，我的身體的確彈得很高，只可惜不夠遠。再一次，我落在跳箱正中央。再一次，我聽見同學震天的笑聲。

每一次都是相同的結果，每一次都跳不過去，不偏不倚坐在跳箱墊上。我又羞又氣，從跳箱上爬下來，走回隊伍中，看別人輕盈的一躍而過。

只有在跳箱時，我會以「愛憐」的眼神看林東雄。因為全班他最胖，無論他如何奮力的衝，咬緊牙在跳板上用力彈跳，那肥肥的身軀還是不願越過跳箱。和我一樣，他也坐在跳箱上。只不過，他還加上重重的「碰」一聲。

在哄堂大笑中，只有我同情的看著他。我當然能體會他扭動著屁股，從高高的跳箱上，困難攀著箱子爬下來時，心裡一定也在泣血。

恨哪！為什麼別人都跳得過去？林東雄是因為胖，情有可原。我平時也算身手矯健、躲避球場上號稱「王不死」，遇上跳箱，竟然吃了大敗仗。

夕陽餘暉中，映照著我孤單憂傷的影子。下星期的跳箱測驗，我要不要請假，或者假裝腳疼？

「喂！等一下。」是林東雄的聲音。我轉過頭，看見他氣喘吁吁的跑過來。我瞪他一眼：「什麼事？」

林東雄指了指汗，又用手背拭掉鼻涕，甩了甩書包，有些難為情的樣子。他結結巴巴的說：「我想……我想和你放學後，去練跳……練跳箱。」

「什麼？」我睜大眼睛。「怎麼練？老師已經把墊子收起來了。」

林東雄吸吸鼻涕，又說：「我彎下來給你跳，再換你彎下來給我跳，就可以……」

原來，他打算用身體當跳箱。頭彎下來，背脊平伸，就跟跳箱一樣。

這個主意倒不錯，我們兩個人同病相憐，一致同意，並且約好明天

放學後，就到廟前的廣場去練習。

正式展開練習時，馬上面臨難題。對我來說，他的身體恰恰是標準的跳箱樣式，不論高度或寬度都適宜。但是，輪到我當「箱子」時，他站在另一頭，不滿的喊著：「再高一點兒，再高一點兒。」可是，我已經盡量把腰挺得直直的，屁股也翹得半天高了呀。

「唉，不行啦。你又瘦又小，

根本不像跳箱。」林東雄嘆了好大一口氣。

我只好勸他：「你盡量跳高些，反正只是練習正確動作。來吧！」我把頭彎下來，鼓勵他勇敢的跳。

他果然勇敢的跳。我只覺得耳邊忽然一陣風呼嘯而過，然後背上像有一頭犀牛跨了上來。「唉喲！」一聲，我已經摔在地上。

林東雄也跌了個四腳朝天，他一面揉著頭一面抱怨：「我才輕輕的按住你的背，你就摔下去。」

我撫著淤血的小腿，罵他：「誰叫你那麼重。」

本來說好要「互相幫助、互相勉勵」的，因為「練習道具」

尺寸不合，最後，變成林東雄一直當「跳箱」，讓我反覆的練。幾次下來，我終於找到訣竅，在跳起來那一瞬間，身體記得向前衝。哇！我真的跳過去了。

我通過測驗，林東雄當然沒有。他依然以不變的姿態，笨重的坐在跳箱上，接受全班嘲笑。

我欠他一分情。但是，我一直沒有機會還他。只記得，當他用力跳起來，卻重重落在跳箱上時，我忍不住也笑出來了，因為那樣子真的很滑稽。

當時，我為什麼沒有上前扶他一把，幫他爬下跳箱呢？

24 筍乾與蘿蔔乾

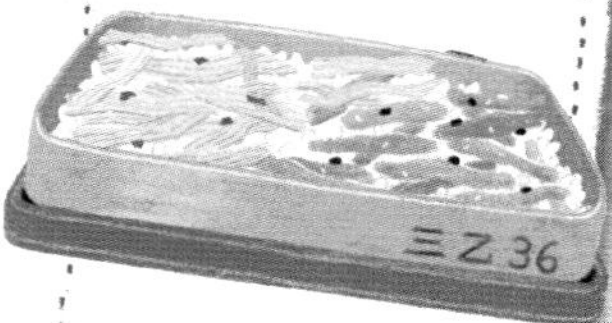

從巷子口開始，我就賣力的跑啊衝啊，耳邊只聽見自己急促的喘氣聲，夾雜著書包裡湯匙敲打便當盒的聲音。結果，我還是遲了一步，奔到校門口，正好迎面遇上糾察隊員一張冷酷鐵血的無情臉孔。

「我……我是通學生，因為……今天車子誤點，所以遲……」我的表情是多麼無辜悲慘，語調感天動地，遲到原因也合情合理。但是，那個毫無憐憫心的糾察隊員還是低著頭，把我的名字登記下來，並且右手一揮，命令我到國父銅像前罰站。

我深深嘆了口氣，鼻子酸酸的，心裡委屈得直想哭。不是為了被罰站，也不是被登記名字，操行要扣分，使我心中發急的最大理由，是便當來不及拿去蒸了。

每天朝會後，老師會指示值日生抬便當到廚房去。現在，一個冷颼颼的便當躺在我的書包裡，等一下回到教室，已經來不及送進蒸飯箱了。想到午餐時刻，全班都捧著熱騰騰的飯盒，一打開蓋子，冒著香香暖暖的白煙。到時候，只有我對著又冰又硬的菜餚發愁，我能不委屈嗎？

一個蒸得熱呼呼的便當，對一個十歲的小孩子來說，是很重要、很珍貴的。我站在國父銅像前，狠狠瞪著糾察隊員，我「祝」他今天吃飯時被飯粒嗆到。

好不容易等到朝會結束，訓導主任又對我們這些遲到的學生訓誡一番。他的話大意是說，一個人如果連早起這件事都做不到，其他事更困難，將來怎麼成為社會上有用的人？從前，有個英雄叫祖逖，他「聞雞起舞」，還有英國的納爾遜將軍，課本上有寫啊，下大雪也不怕……

終於，我們都點頭保證「以後再也不遲到，絕不辜負師長對我們的期望」，主任揮揮手，讓大家回教室去。

一進教室，我趕快拿出便當。排長皺起眉頭說：「先把回家功課交出來吧。」這種不顧別人生死的人，居然當排長！

幸好天無絕人之路，我趕在廚房關門的前一刻，迅速將便當送到，小心擺進蒸飯箱裡。然後，懷著一顆安穩平靜的心，回到教室，等待午餐可愛的鈴聲。

當值日生抬著蒸飯箱進門時，教室內忽然暖洋洋起來。幸福的時刻呀！空氣中不時傳來滷肉香、魚淡淡的鮮甜、一點點炒蛋的焦味。跟平常一樣，張妮妮擠到我座位上，兩個人親親密密的交換菜色，也交換最新班級情報。

「奇怪，你今天的菜怎麼只有筍乾與蘿蔔乾？」張妮妮盯著我的飯盒，露出懷疑眼神。

我自己也覺得古怪，媽媽從來不曾這麼小氣。難道，我們家「變窮」了？

張妮妮好心的挾一塊肉，送進我的便當裡：「你吃吧，反正我家還有一大鍋。」

餓了一上午，我也不管什麼筍乾、蘿蔔乾了，吞下張妮妮捐獻的紅燒肉，我還是把整個便當吃個精光。

快要午睡時，忽然門口出現一個糾察隊員，她拎著一個便當，大聲問：「有沒有人拿錯便當？」在她身後，站著一個又瘦又小的女生。

「她便當的蓋子上有刻字，三乙36，有沒有人拿錯？」糾

察隊員一提醒，我趕快拿出早已吃光的便當盒，仔細辨認。哇！居然是我這個笨蛋「飢不擇食」。

我捧著輕輕的飯盒，還給糾察隊員。她立刻大叫起來：「什麼，吃光了？你的便當，人家一粒米也沒有動。」

我氣極了，脫口就是一句：「全是筍乾和蘿蔔乾，難吃死了。」又瞪她一眼，說：「我怎麼知道拿錯了？」

一定是早上匆匆忙忙，錯放到別班的蒸飯箱裡。但是，瘦小女生的便當又怎麼會跑到我們班來呢？

我接過自己的便當，打開一看，一根油亮的雞腿，幾片海帶，切成兩半的滷蛋，完好無缺的躺在潔白米飯上。

我問瘦小女生：「你怎麼不吃？」

她搖搖頭說：「不是我的，我知道。便當是我自己準備的。」她拿著空便當盒，轉身往樓梯走。

我想告訴她，把我的便當吃光吧。想向她說對不起，說其實我很愛吃筍乾，蘿蔔乾也很香。但是，她走遠了，我一句話也沒有說出口。

25 最佳男主角

朗朗晴空下，大朵大朵的軟枝黃蟬，開得整面牆像要開演唱會。我低頭走過，順手扯下一朵鮮黃花朵。

「獻給最有創意的導演。」我準備這樣說。說的時候，還得細著嗓子，發出最嬌媚的音調。當然，拿花的手勢也得講究，就翹起蓮花指吧。

是很肉麻。

沒辦法。昨天老師宣布：「下週同樂會節目，由張妮妮擔任導演，負責指導短劇演出。」我一聽，內心熱血奔騰，幾乎忘了去福利社買酸梅吃。

自從老師宣布要開同樂會，而且要跟隔壁班一起開，我便開始過著幸福快樂的日子。其實也沒什麼啦，只不過那個班正好有位姓蘇的男生，長得「挺順眼」的。

我「立志」要在同樂會上一鳴驚人，讓「蘇」對我印象深刻，並且後悔為什麼不早些認識我。我利用整潔活動時間，在垃圾場邊摘了朵漂亮的軟枝黃蟬，前去賄賂導演，我會婉轉的對她說明，全班只有我最適合當女主角。

張妮妮簡直沒眼光，她居然說：「可是，我已經答應讓徐佩佩當女主角了耶。」

可千萬別讓她以為我很在乎！我裝作不在乎的樣子，笑笑說：「那，我來當男主角。」

「真的？你真的願意，太好了。」張妮妮像撿到一百塊錢般歡呼。

唉，當不成穿蓬蓬白紗裙的女主角，改當男主角，也不錯啦。我應該建議大導演張妮妮，多設計幾幕男主角英俊瀟灑的獨白戲。到時候，我可以向表哥借那套白色小西裝。同學都說，

我穿白衣最美了。

為了讓「男主角」在舞臺上一樣出色，使「蘇」對我一見傾心，我回家對著鏡子，研究出三種表情，分別是皺眉、斜著眼，以及瞪大雙眼。我覺得演戲時眼神最重要，這雙銳利的眼睛，「蘇」將會永生難忘。

後來發生的事，唉，我真不想說。張大導演沒有安排俊男美女、王子公主的戲碼，反而寫了個「不可以迷信」的宣導短片。

故事很簡單：一個邋遢庸俗的歐巴

桑（女主角），去給個糟老頭子算命師（男主角）算命。沒想到在此同時，算命師家中房子失火了。故事最後，男女主角一起喊口號：「我們千萬不可以迷信啊！」

我這個自願的男主角，一身鬆垮垮的衣服，戴著墨鏡（算命師如果不是瞎子好像不靈），不但精心研究的眼部表情看不見，嘴邊貼的假鬍子更讓我癢得難受。

最痛心的事，當然是看見「蘇」捧腹大笑的樣子。

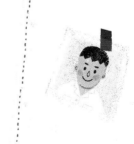

26 勿「望」影中人

「要抬頭，先低頭；要吐氣，先忍氣。」

「求學如逆水行舟，不進則退。」

「吃得苦中苦，方為人上人。」

我打開一本又一本的「畢業紀念冊」，一筆一畫小心寫著。

雖然現在是六年級上學期，離畢業還有一段時間，但是書店裡已經擺滿各式各樣的紀念冊。同學們也開始交換著寫，彼此留下金玉良言。當然，這些偉大的名言都是從書上抄來的，有些句子甚至偉大到我們根本看不懂。

不過，偉人說的話，我們不懂是應該的，偉人的話隨隨便便讓人聽懂，還能叫厲害嗎？

我翻了翻《雋永集》這本書，抄了幾十條響噹噹的名言，一一寫在同學傳給我的紀念冊上。畢業留言寫得愈文雅，愈能顯示品味不凡。我才不寫「祝你一帆風順、祝你百事可樂」這種乏味的句子呢！手寫得發麻了，甩甩筆，我又打開另一本。

林東雄的紀念冊上，印滿粉紅色的玫瑰花，還有可怕的香味，聞了令人作嘔。想起他神氣的語調：「這本是書店裡最貴的，請你好好寫。」臨走又丟下一句警告：「不准亂畫。」嘿嘿，本大師拿起筆，偏要龍飛鳳舞的寫著：「千山鳥飛絕，萬徑人蹤滅。」又畫上大大小小滿天飛舞的烏鴉。

這可是從《唐詩三百首》抄來的千古佳句，不管跟畢業相不相關，充滿文藝氣息是絕對毫無疑問的。至於張妮妮，送她一句「沉默是金、雄辯是銀」吧。她老是說錯話，嘴巴又往往不肯閒著。

不知道我的紀念冊，傳到什麼人手上了？此時此刻，也有一個人，像我一樣，在靜靜的夜晚，翻著字典、唐詩、名言集，苦苦思索，找一句「感人肺腑、發人深省」的智慧語錄，相贈即將分離的同窗好友吧。

我的紀念冊，會被寫上什麼？

教室裡，現在洋溢著溫暖歡樂的氣氛，畢業的離愁既遙遠又陌生，倒是填寫畢業紀念冊，讓同學的情緒比平時更親密些。許多話，當面不好意思說，全寫在一頁頁印著紅楓、彩蝶的紙上。

張妮妮神祕兮兮的抱著紀念冊，一見面就是滿眼的笑：

「林偉宏寫什麼，你猜？」

當然是些甜言蜜語囉。她和林偉宏最近常常鬥嘴，但是內容簡直無聊透頂；誰都知道他們「打是情、罵是愛」。

「對了，你的紀念冊，已經傳到老戴那裡了。」張妮妮告訴我。

我最擔心的事終於發生了。

自從老戴在跳課間舞時，「真的」和我牽手，而不像其他男生用一根樹枝當「義肢」，全班同學就把我「許配」給他。儘管我強烈反對，甚至故意把老戴當仇敵，還是被形容為「愈描愈黑」。

老戴也配嗎？我喜歡的是電視上那個從來不笑的男主角。

可是，老戴倒奇怪，沒事就在我身邊打轉。

上個星期，還偷偷塞了包牛奶糖給我。

牛奶糖當然被我吃個精光，但是，我也愛恨分明。老戴如果想在紀念冊寫什麼噁心的花言巧語，我一定撕掉。

紀念冊傳回我手上了。老師正在講解課文，我在抽屜下一頁頁翻著，欣賞同學的留言。

「樹欲靜而風不止，子欲養而親不待。」這是林東雄寫的。不知道是從哪本書抄來的，念起來文謅謅，倒有幾分學問。不過，不懂這兩句話是什麼意思？

張妮妮寫的是「鵬程萬里、乘風破浪」，還畫上一艘帆船。底邊另外用紅筆畫一排心，寫著「毋忘我」。

翻到老戴的留言了。密密麻麻的，原來是抄了一首歌詞。歌詞內容俗不可耐，什麼「一陣春風過，花開滿山坡」，又是「明月正當空，人約黃昏後」。最嚇人的，

是他貼上一張大頭照，照片旁邊寫著：「勿『望』影中人」。好個老戴，不愧是錯別字大王，「勿忘」成了「勿望」。很好，我正希望眼不見為淨呢。二話不說，我立刻將那一頁撕個粉碎。

當老戴結結巴巴的，向我要一張照片時，我只是「哼」了一聲，不言不語的走開。

後來才知道，老戴只有在我的紀念冊上，貼上自己的相片；聽說是花了半年的零用錢去相館拍的。

很想再看一看老戴面頰上的酒窩，那被我撕碎的、十二歲的純真容貌。

當然，永遠不可能了。

後記

王淑芬的童年老實說

1 這本書寫的事情，都是真的嗎？

答：是的，只有人名有略加修改。不過，為了文學效果，當然加了一些誇張的描寫。

2 王淑芬的童年，指的是什麼時候？

答：我出生於一九六一年，這本書主要是寫我小學時期發生的事。所以大約是一九六七年（也就是民國五十六年）之後六年間的事。我先後就讀兩所小學：當時屬於臺南縣的左鎮國小，與臺南市博愛國小。所以，讀者會看到許多與現在截然不同的事。比如：當時學校不但有賣各種東西的合作社，賣的還是充滿色素、一點都不營養的零食。那時候物質不豐足，小孩能有一顆酸梅可吃，便是天大的快樂呢！

3 小學最喜愛與最害怕的課？

答：我最喜歡上國語科的作文與美勞課。寫的作文與畫的圖，經常被老師朗讀出來，與貼在公布欄展示。有了充滿正能量的鼓勵，於是就更喜歡了。最害怕上體育課中的躲避球與跳箱運動，覺得那是對小孩很殘酷的運動。

4 童年最愛的書？

答：經常反覆閱讀的，是字典。我常隨手翻開字典某頁，學到頁面上的新字與新詞，覺得這種自學方式既簡單又充滿樂趣。有一回，老師問一道尚未教過的題目，全班只有我知道，因為正巧前一天翻字典時看到，真是萬分得意。那道題目是：「亞聖孟子，本名叫什麼？」

5 關於小學老師，最難忘的是什麼事？

答：我一共經歷六位小學級任老師，每位老師的家我都去過，甚至住過其中兩位老師的家。可能是因為當時我是通學生，必須搭很久的公車上下學。月考時，老師擔心我來回奔波，耽誤複習功課時間，於是好心讓我住她家。

現在想想，這樣的老師，也太善良了吧。也可能是，我當時一定是個十分討老師喜愛的孩子。但是，真正原因是什麼？其實我並不知道。只是，我一直記得老師對我的好。因而，也認為如果我當了老師，就該對學生好。

6 童年有發生過不愉快的事嗎？

答：有一次領了成績單（當時的單子上都有老師寫的評語），竟然看到老師對我的評語是：「有點驕傲，不太合群。」我嚇壞了！我真的在老師眼中，或在同學心中，是個自以為是、高高在上的人嗎？我覺得自己並沒有這樣的心態啊？

一開始十分難過，覺得被誤解，還愈想愈憤怒。然而，我又想到，如果從此帶著怒氣對待所有人，那就真的是不合群了。於是，反而冷靜下來。

最後，我變成一個有點冷，不是那麼喜愛熱鬧、刻意與大家打成一片的人。然而，如果別人對我友善，我一定加倍對他好。

我反而認為這樣也很好，何必一直在意別人眼中的你？我從小就有「被討厭的勇氣」。再想想，說不定，老師當時寫的本意，並非指責我，只是善意提醒。

7 小學時可以喜歡別人嗎？

答：為什麼不可以？健康的喜歡一個人，大方表示，是一種勇敢。把很深很深的喜歡，放在心裡，偷偷想，自己一個人享受這種感覺，也是一種勇敢。

8 童年時，有什麼豐功偉業嗎？

答：我不算什麼了不起的小孩，但是如果我一旦想做什麼，通常就會全力以赴。比如：小時候羨慕舞臺上芭蕾舞者的曼妙身影，於是去學跳舞，後來參加比賽，得到全縣冠軍。對演講、寫作、畫圖都有興趣，常代表學校參加比賽，成績都不錯。小學畢業，領的是全班第一名的市長獎。

童年就很愛看書嗎？

答：是喔。可能是因為我媽媽也愛看吧。她是裁縫師，工作的休息空檔，會拿出抽屜中的小說，入神的讀起來。這樣的愛書因子，也注入我的血液中吧。此外，我爸爸很開明，知道世界很大，只讀課本是不夠的，所以他會從微薄薪水中，撥一點錢，請學校老師為我購買課外好書。

我從小不但有書可讀，而且讀的是老師精選的好書，真幸運啊！我還記得第一本得到的書，書名是《天上的星星》，不但有星座的神話傳說，還加上簡單的天文知識介紹。

10 如果可以重回童年，最想做的事是什麼？

答：當時年紀小，不懂事，沒有意識到一句話、一個行動，可能對別人造成傷害。如果可以，我希望能有機會，向那些我曾不太友善對待的同學們說：「對不起。」

XBSY0019

童年原來是喜劇

作者｜王淑芬
繪者｜蔡元婷

字畝文化創意有限公司
社長兼總編輯｜馮季眉
責任編輯｜洪 絹
封面設計｜蕭雅慧
內頁設計｜陳俐君

出　　版｜字畝文化創意有限公司
發　　行｜遠足文化事業股份有限公司（讀書共和國出版集團）
地　　址｜231 新北市新店區民權路 108-2 號 9 樓
電　　話｜(02)2218-1417
傳　　真｜(02)8667-1065
客服信箱｜service@bookrep.com.tw
網路書店｜www.bookrep.com.tw
團體訂購請洽業務部 (02) 2218-1417 分機 1124
法律顧問｜華洋法律事務所　蘇文生律師
印　　製｜中原造像股份有限公司

2019 年 10 月 2 日　初版一刷
2024 年 6 月　初版六刷
定價：330 元
書號：XBSY0019
ISBN 978-986-98039-9-1

國家圖書館出版品預行編目（CIP）資料

童年原來是喜劇 / 王淑芬著 ; 蔡元婷繪 . -- 初版 . -- 新北市 : 字畝文化出版 : 遠足文化發行 , 2019.10 ; 222 面 ;
14.8×21 公分 ; ISBN 978-986-98039-9-1（平裝）
863.59　　108015497